TOMINO THE DAMNED

by

SUEHIRO MARUO

托米諾的地獄 4

丸尾末廣

托米諾的地獄
承前

前情提要

一對雙胞胎姊弟被親生母親拋棄，被親戚賣到了淺草的見世物小屋。他們的母親是大銀幕上的「幽靈」女演員・歌川唄子，父親是見世物小屋的團長，怪物般的汪。不過兩人當然無從得知這個事實。

在京城的歡樂街，他們被見世物小屋的團員們命名為托米諾和化丹，有生以來首度獲得「容身之處」。不過，在汪的指示下，托米諾成為詐騙新興宗教教祖、前章魚女・愛麗絲的隨從，練習珍奇秀雜技時意外燒傷的化丹，則被送到遙遠孤島。兩人失散了。

不久後，見世物小屋遭人縱火，燒成灰燼，畸人團員在辭去演員工作的唄子身邊相依為命。托米諾輾轉各方，最後失去住處，流落街頭，而化丹冒死逃離孤島後暗自下了某個決定，踏上歸途。

戰爭就像是深淵的黑暗。而雙胞胎彷彿遭到跌入那黑暗的「時代」一戲弄，不得不活在悲慘的境遇之中。他們各自的地獄巡禮究竟會通往何方……？

托米諾的地獄 4

目次

第十五章 瑪利亞觀音

（咚咚 咚咚）

ドン
（咚）
（嘩啦）
ドン
（咚）
松田小姐！
不可以發呆啊。
實際的火災可不是這樣啊。
對、對不起。

不好意思！
阿姨身體不太舒服，請讓她休息。
沒關係啦。
你們…
是在松田小姐家吃軟飯的吧。
看起來根本無法為國家做出貢獻呢。
ドー
ドー
(咚咚)
「起碼剃平頭，在大後方效忠國家。」就是指你們吧。
ド

松年男君
高松年男君
高松年男君
歩兵第四聯隊
失聲無言跪拜於靖國之宮的階梯
セイタクは敵
お前は日本人か
熱涙湧上
戦地の兵隊を思へ
買溜めは敵なり
闇取引は利敵行為なり
闇取引を撲滅せよ

是的。
那份
感謝之情
那是瑪利亞觀音喔。
是我去長崎拍片時，拿到的禮物。
「瑪利亞觀音」江戶時代受到打壓的天主教徒們，會偷偷信仰慈母觀音像，也就是造得像觀音的瑪利亞像。
大正時代的人才開始稱之爲瑪利亞觀音，天主教徒並不會那樣稱呼。

（沙）
（沙沙）
（沙）
人家說我沒用處呢。
男人逐漸被軍隊拉走了呢。
我也沒用處呀。
起碼剃平頭，在後方
你們兩個都不會被軍隊拉走。
不是很好嗎！

這個原本放在廚房，
是感冒藥嗎？
啊，那個是!!
別碰喔。
？
那是安眠藥啊。
咦？安眠藥？
唄子小姐
其實難以入睡呀。
她太擔心托米諾和化丹了……

托米諾。
化丹。
你們會不會怨恨我們呢……
很冷喔。
搞不好會下雪。
ピタ
（啪答）
托米諾和化丹的父親……
ズッ
（窣）
防婦人
唄子小姐是不是有什麼事瞞著我們？
不知是什麼樣的人呢。
父親……

不是瞞，
是沒必要
告訴我們
吧。
媽媽
……
ズオオ——オ
（轟——）

（轟——）

*往道了尊的電車

討厭……
（喀叮）
カチ
（喀叮）
妳要去哪裡？
已經這麼晚呀。
小心火燭
喔!?

什麼啊，妳是女孩子嘛。
（啪）
啊!!
（噠噠）
等等!!
為什麼要逃跑！
（啪答）
痛！
（咬）

討厭！
討厭！
我討厭所有人！
妳挨了媽媽罵，所以才逃出來吧？
一起回去吧。
托米諾
托米諾
托米諾
托米諾
托米諾
托米諾

啊
啊
啊
啊
啊
哥
（嘩嘩嘩）
怎麼了嗎!?
你們有沒有看到一個小女孩？
沒注意到耶。

天主堂
（噹啷）

カラ〜ン
カラ
（噹啷 噹啷 噹啷）
カラ〜
カラ〜
（噹啷）

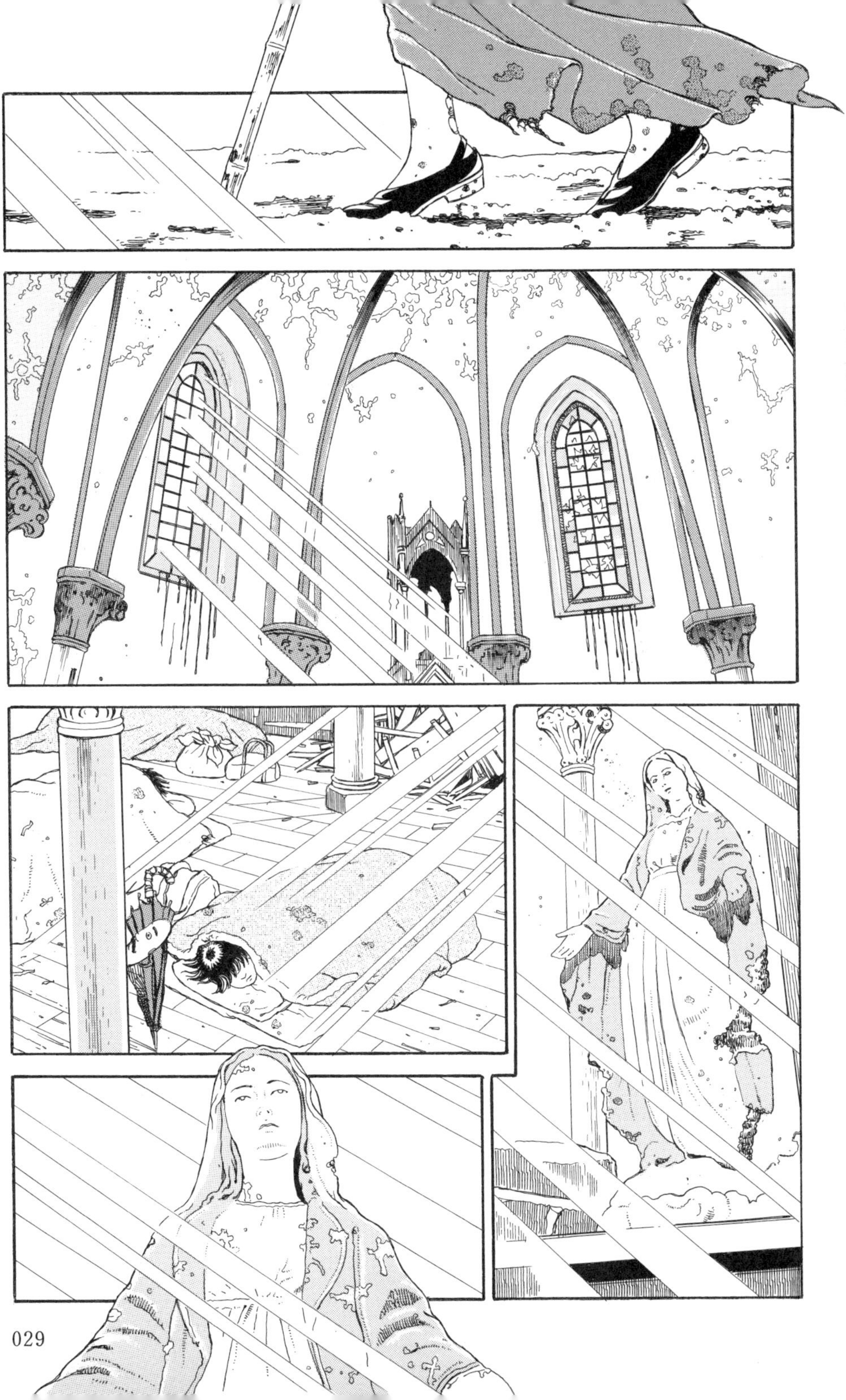

カラ〜〜
（噹啷）
ギィ
（嘰～）
カラ
（噹啷）

萬歲～
ドーン
（咚）
萬歲～
ドドン
（咚咚）
ドン
（咚）
萬歲
萬歲～
金子君，將為了皇國——
萬歲～
（萬歲～～）
木炭還剩一點。
米也是。

砂糖會配給？
要用券換啊。
小真…
他肚子不太舒服啊。
得去趟醫院。
我今天生日喔。
二十五歲了！
這關頭不該慶祝什麼生日吧。
……
我們去醫院囉。
回來應該是晚上了吧。

（隆——）
又在燒書了。
唄子小姐收集的歐洲唱片也全被燒了。
唄子小姐心情很差呢。
嗯，因為討厭的事情接二連三啊。
要來囉~~~
美國的大批飛機~~~!!
要來囉~
美國的飛機投下了炸彈……
聽說品川站有火災。
淺草也是。

我們和
唄子小姐的
幸福生活，
已經結束了嗎……
（轟～～）
也許有
非常可怕的
東西
要來臨了！
大日本國防婦人會

※編按：一首日本昭和前期流行的兒歌〈隣組〉。

※徵用：強制人民在軍工廠工作。

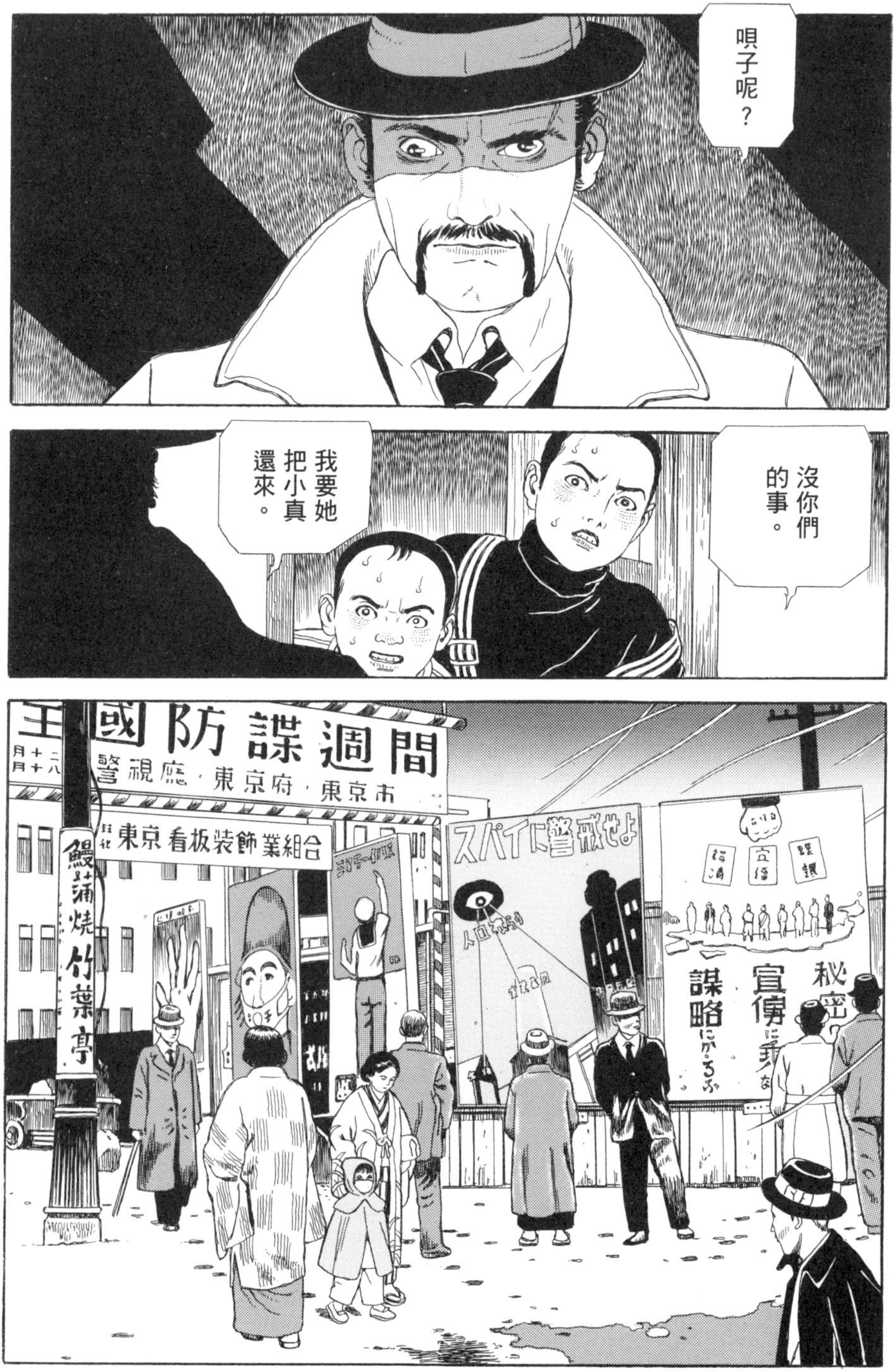
唄子呢？
沒你們的事。
我要她把小真還來。
國防諜週間
警視廳，東京府，東京市
東京看板装飾業組合
スパイに警戒せよ
秘密
宣傳に乗るな
謀略にかゝるな
鰻蒲焼
竹葉亭

第十六章 UNHOLY 2

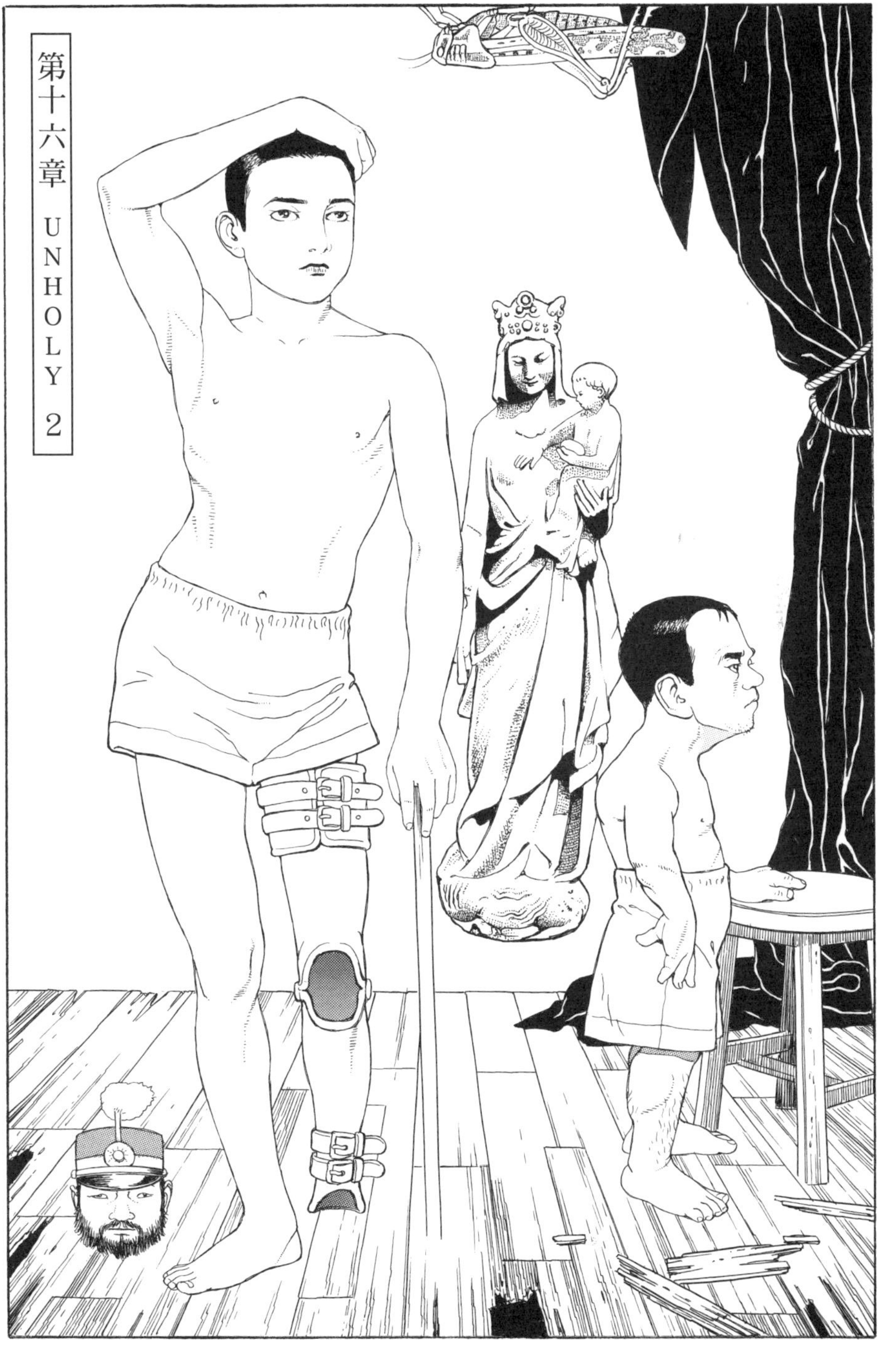

唄子小姐和小真都不在。
外出了。
那我就在這等吧。
他們今天不會回來啊。
他是怎麼找到這裡的？最不想見的傢伙跑來了！
你們放火燒了小屋後逃跑，
還把小真也帶走。
ドン
（咚）
我們才沒放火!!
我們只是

不想在都市生活了，累了——
弱者肩並肩，
一起拔田裡的雜草是吧。
真美好呢。
士兵的勞苦
繼續供米節
「穩當地」守護
除了保有米之外，米要留至二月中
要努力節米、保留多餘之米
看了就想吐！
不過——
昌江原本是埼玉的農家女兒，
讓她成為演員的可是我啊。
咦!?

ガタン
（喀答　喀答）
ガタン
ガタン
（喀答）
啊
（抓）
阿姨，
這小孩長了好多毛呢。

（抱）
啊
啊
啊
啊
ぜいたくは敵だ

(咚)
喔！
端茶給
不速之客
(咚 咚咚)

ドン
（咚）
喝完之後，
立刻給我
出去!!
唄子小姐，
唄子小姐
才不會和你
這種傢伙——
ドン
（咚）
啊!!
ガタン
（喀答）

ゴッ
（砰）
還真踐啊。
蠢蛋！
稻草人!!
我和唄子的過去，
你們知道個屁！

小真是印度一位君主的私生子。
我要把小真帶到印度去，
然後領一大筆報酬——
哈哈哈哈哈
時局如此，
像我這種貨色，沒臉見人…
我要離開日本——
首先需要的——
カチャ
カチャ
是錢……！

ガチャ
（匡啷）
（咚）
ドッ
ズズ
（沙沙）
哇！
你你們幾個
小健!!
ズズ
（沙沙）

（嘰）
啊!?
（唰）
小健，住手……！

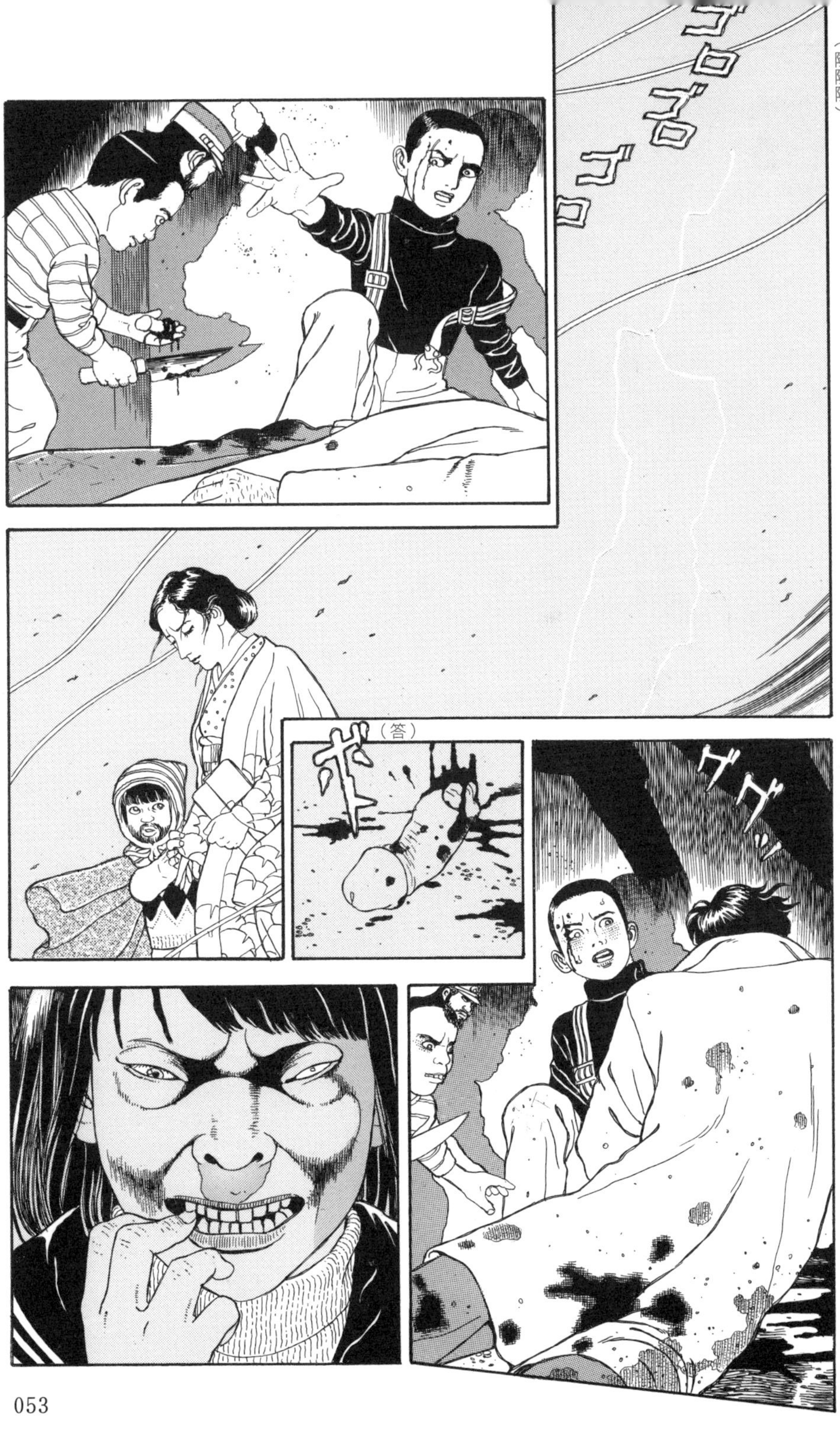
ゴロゴロゴロ
（隆隆隆）
ググッ
（彈起）
ボ
（答）

呼呼呼呼呼呼呼
（喳）
ズル
啊！
啊啊啊
（喀喳）
呼呼呼呼呼呼

呼
呼
呼
呼
喀答
ガタ
啊 啊 啊 啊 啊啊啊啊 啊 啊
啊

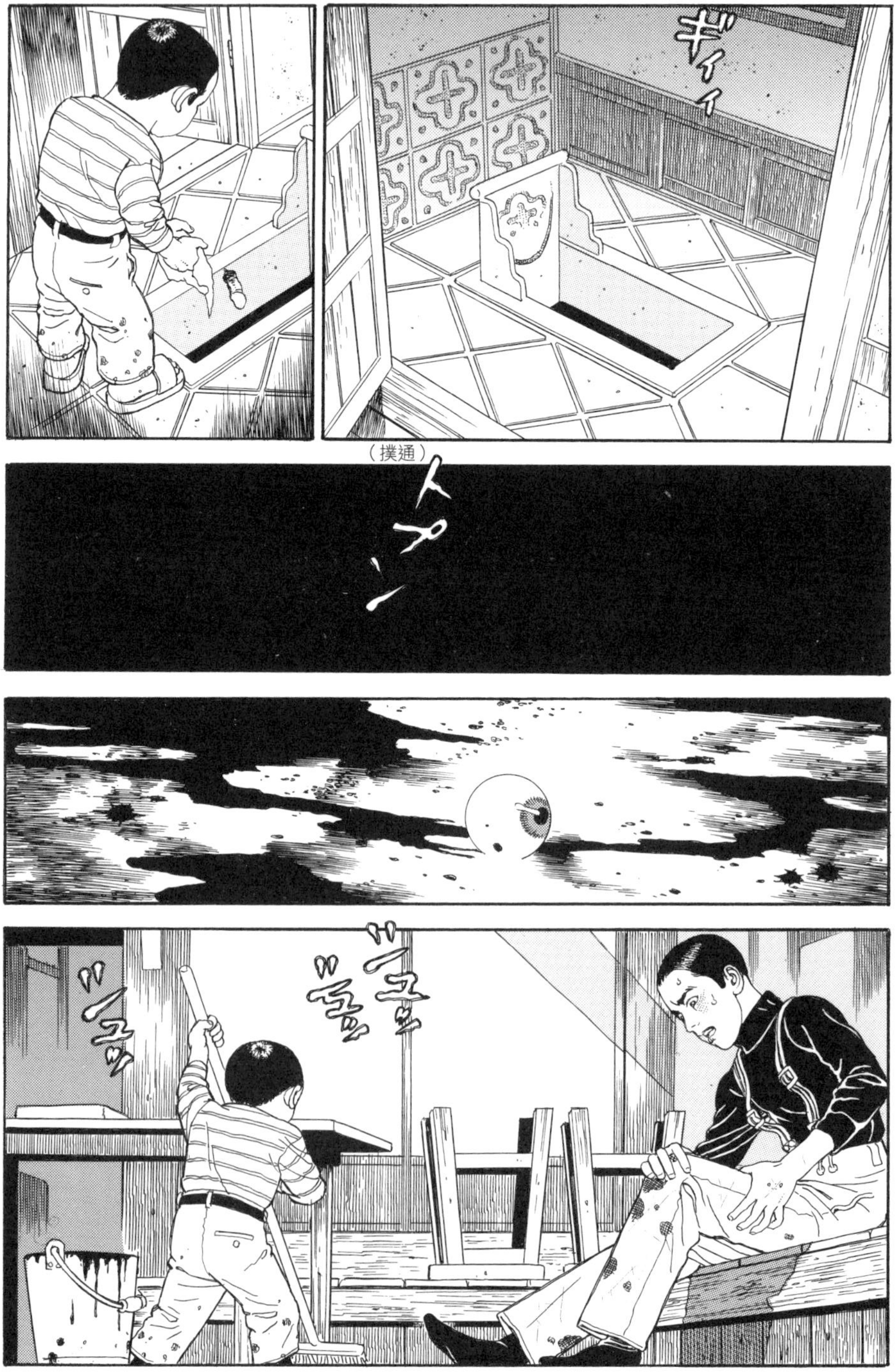
ギィイ
（嘰）
（撲通）
トプン
（唰唰唰）

（嘎）
唔。
搞得定嗎？
（唰唰）
褲子也沾血了，
不換掉不行。
在唄子小姐回來之前，
收拾乾淨吧！
（喀啦喀啦喀啦）
我回來了。
抱歉，弄到這麼晚。
（答）
（喀啦喀啦）

哎呀……?
ガタ
這是怎麼回事……!?

啊!!
啊
啊
（抱）
發生什麼事了!?
這血是什麼!?
（轟——）
（噹——）
（噹——）

（噹——）
（噹——）
……汪
汪來了一趟。
汪怎麼會來!?
（噹——）

他要妳「把小真還來」。
我刺傷了汪!!
我恨他!!
刺傷……
你竟然……
啊 啊 啊 啊
啊 啊 啊
哇 啊 啊 啊

（嘰）
小健……
我要走了。
咦!?
這段日子受您照顧了。
……

請問……
托米諾和化丹的父親……
是誰呢？
失禮了。

你要吃飯對吧。
媽媽。
ジーユウ
（咻——）
ザアアーッ
（沙沙——）

受您照顧了！
真是對不起。
ザァァァ
（沙沙——）

塩
たばこ
のりば
那兩個人，
兩三天後就會回來了吧。
瑪利亞妹妹，
吃飯囉！

（嗶——）

第十七章　發光的風

ボッ
（轟）

(轟)
(劈啪)
(啪)
(啪啪 啪)
啪啪
啪啪
啪啪

謝謝！
謝……
沒惹他生氣真是太好了呢。
為了不惹他們生氣，我下了苦功啊。
哈哈哈哈哈哈
神州不滅！
鬼畜英美！
喂！

你們讀哪間學校？
爸媽呢？
馬戲團的孩子？
衣服真髒呢。
哼。
沒有爸媽的小孩，要去孤兒院啊。
跟我來！
等一下。
他們是我家的小孩啊。
咦!?

你們可以暫時…
待在這裡喔。
請用。
是瑪利亞觀音啊。
我離開故鄉時帶走的。
這是什麼？

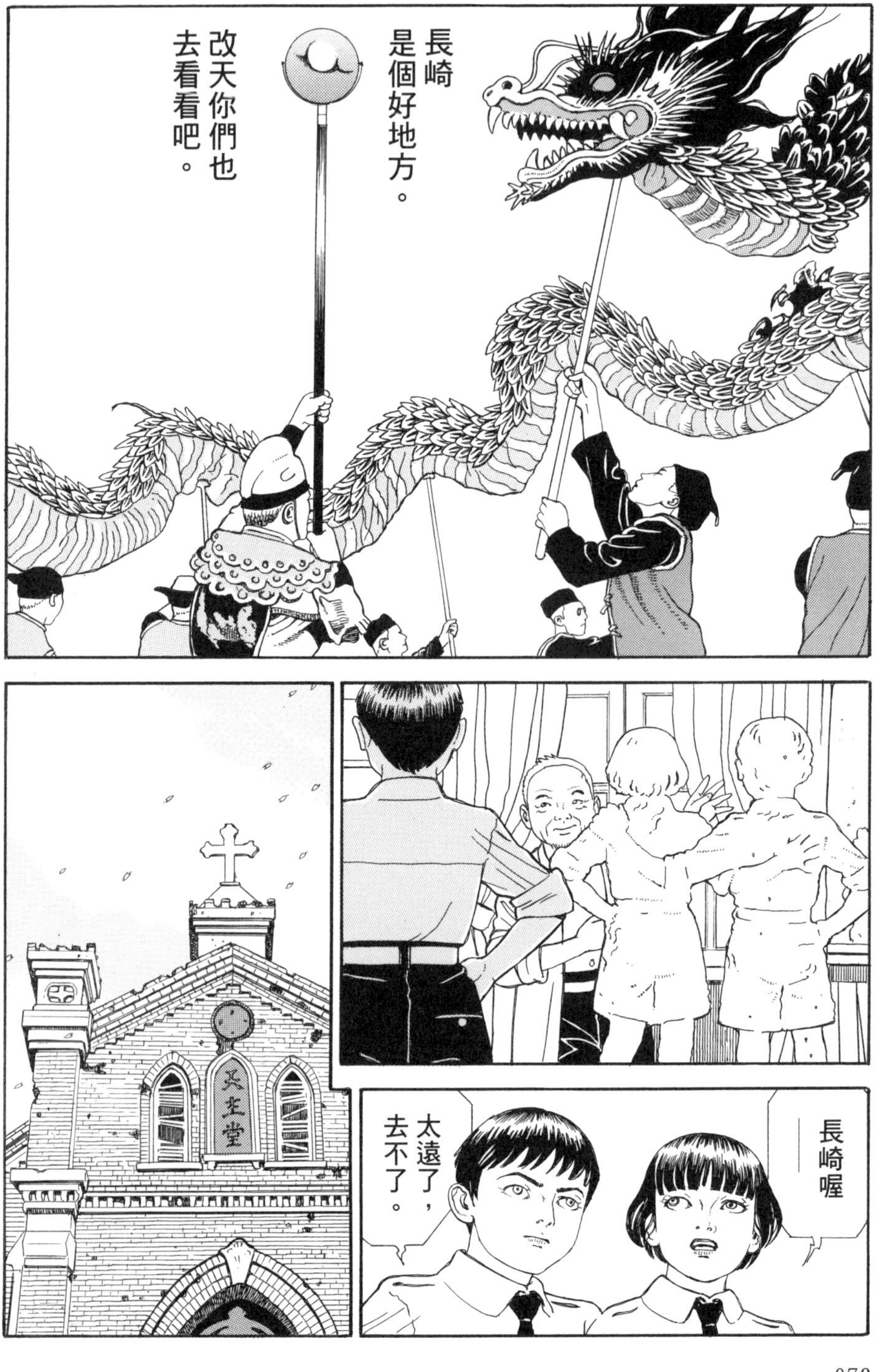
長崎
是個好地方。
改天你們也
去看看吧。
天主堂
長崎喔
太遠了，
去不了。

那個老爺爺真好心呢。
還給我們錢。
怎麼辦？
要去淺草看看嗎？
才不要!!
淺草有汪在。
東京已經變成一片火海囉！
屍體堆積如山!!
我恨死他了!!

下一個就是橫濱了。
只能逃到北海道或九州囉。
反正所有人都會死的!!
到這關頭，死了也沒差啦。
哈哈哈哈哈哈哈

（嘟嘟～～～）

（喀答　喀答喀答）

（喀答喀答）
ガタン ガタン
（喀答喀答）
ガタン ガタン
（喀答喀答 喀答）
ガタン ガタン
（喀答）
ガタン

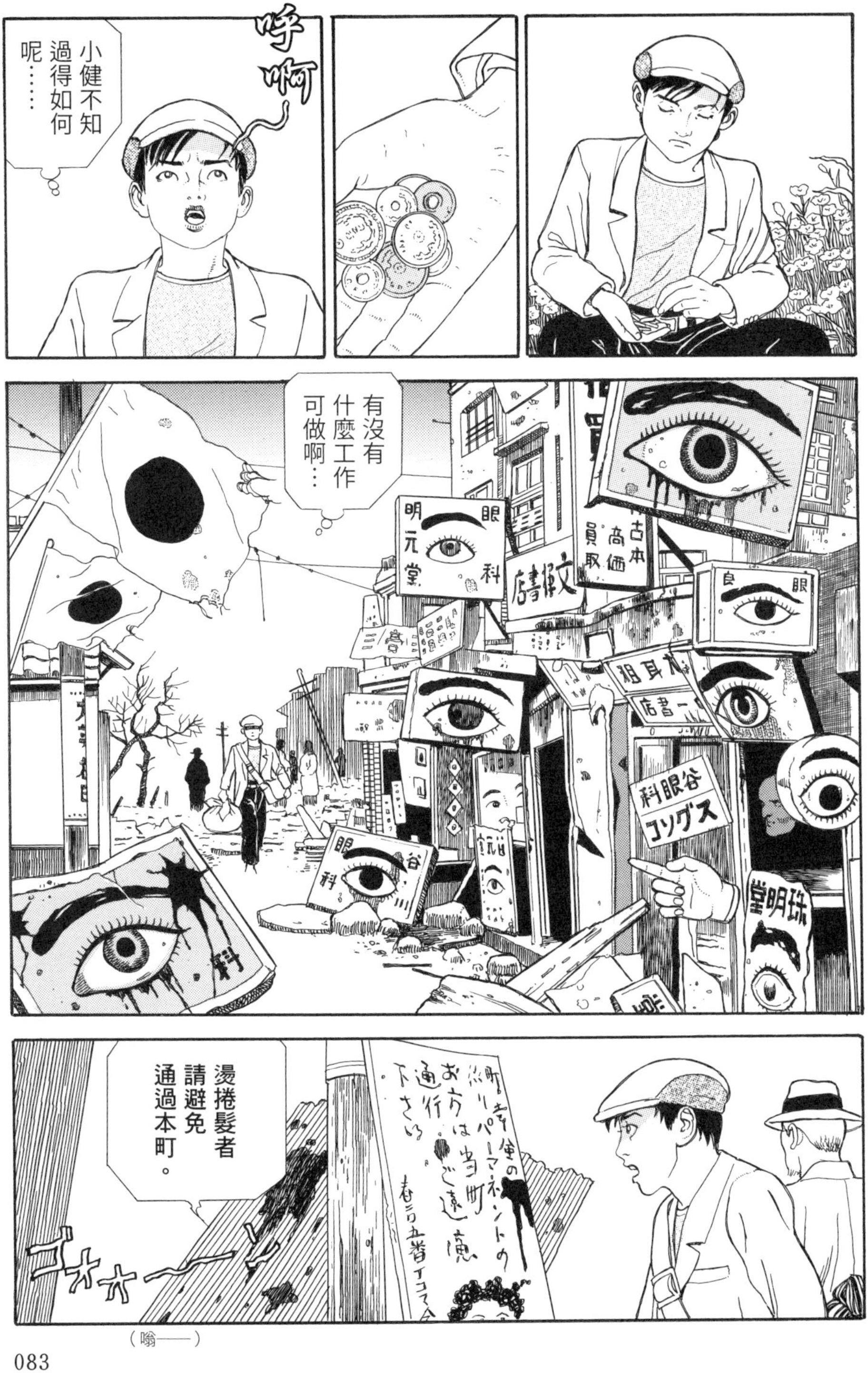
呼啊
小健不知過得如何呢……
有沒有什麼工作可做啊……
燙捲髮者請避免通過本町。
ゴオオーーン
（嗡——）

空襲!!
ゴオオオォーン
(嗡——嗡——)
咦!?
(轟轟)
ドドーン
空襲!!
ドドーン
(轟 匡啷)

ドドーン
（轟轟轟）
快逃啊！
ドーン
パリン
（匡啷）
ドドーン
（轟隆隆隆）
キューン
（咻嗡）

（轟轟轟）
跑啊啊啊
快逃啊啊
（隆隆）
（轟）
（砰）
1014
（嘰嗡——）
（啪哩啪哩啪哩）
パレス

＊蝙蝠汽油

我的手
去哪了。
（轟）
（匡啷）
（轟）
唄子小姐……
（轟）
（轟）
（轟）
（轟 轟）

（轟隆——）

カラ〜ン
カラ〜ン
カラ〜ン
（噹啷 噹啷 噹啷）

終於到了呢。

不過這一路有點可怕呢。
還差點被警察抓走。
已經沒錢了啊。
得賺錢才行。
（砰）
那人是耶穌掛※的，
所以憲兵看他不爽。
（啪）
※耶穌掛：天主教信徒。

行者※們也被關進熊本的收容所了。
喂，那邊的!!
站住!!
金銀白金
歯科用品
寫眞
琴曲
敎授
日の丸寫眞舘
商品切手賣買
マルオ
美容院

※行者：指傳教士。

（咚）

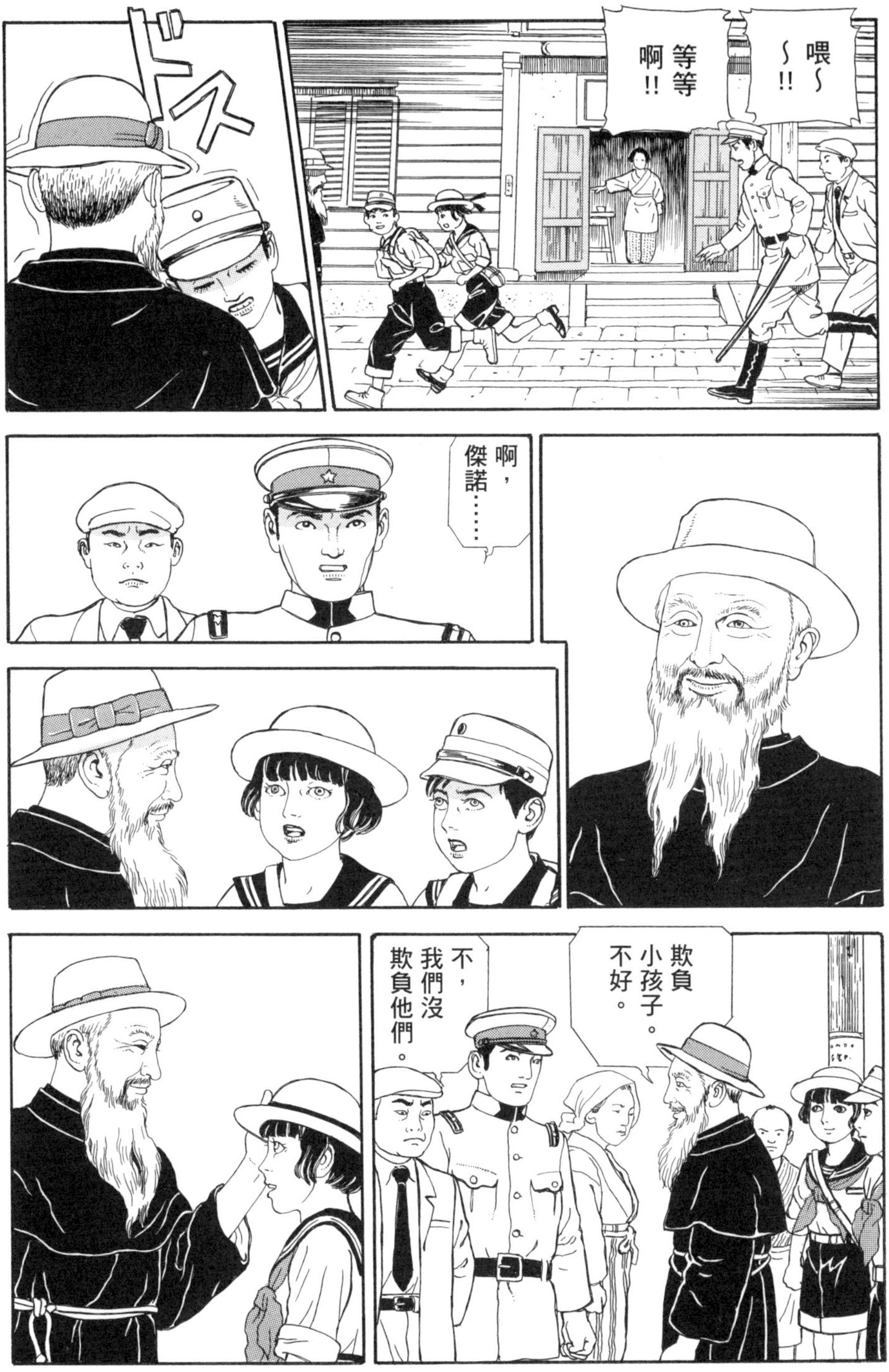
喂～～!!
等等啊!!
ドス
啊，傑諾……
欺負小孩子。不好。
不，我們沒欺負他們。

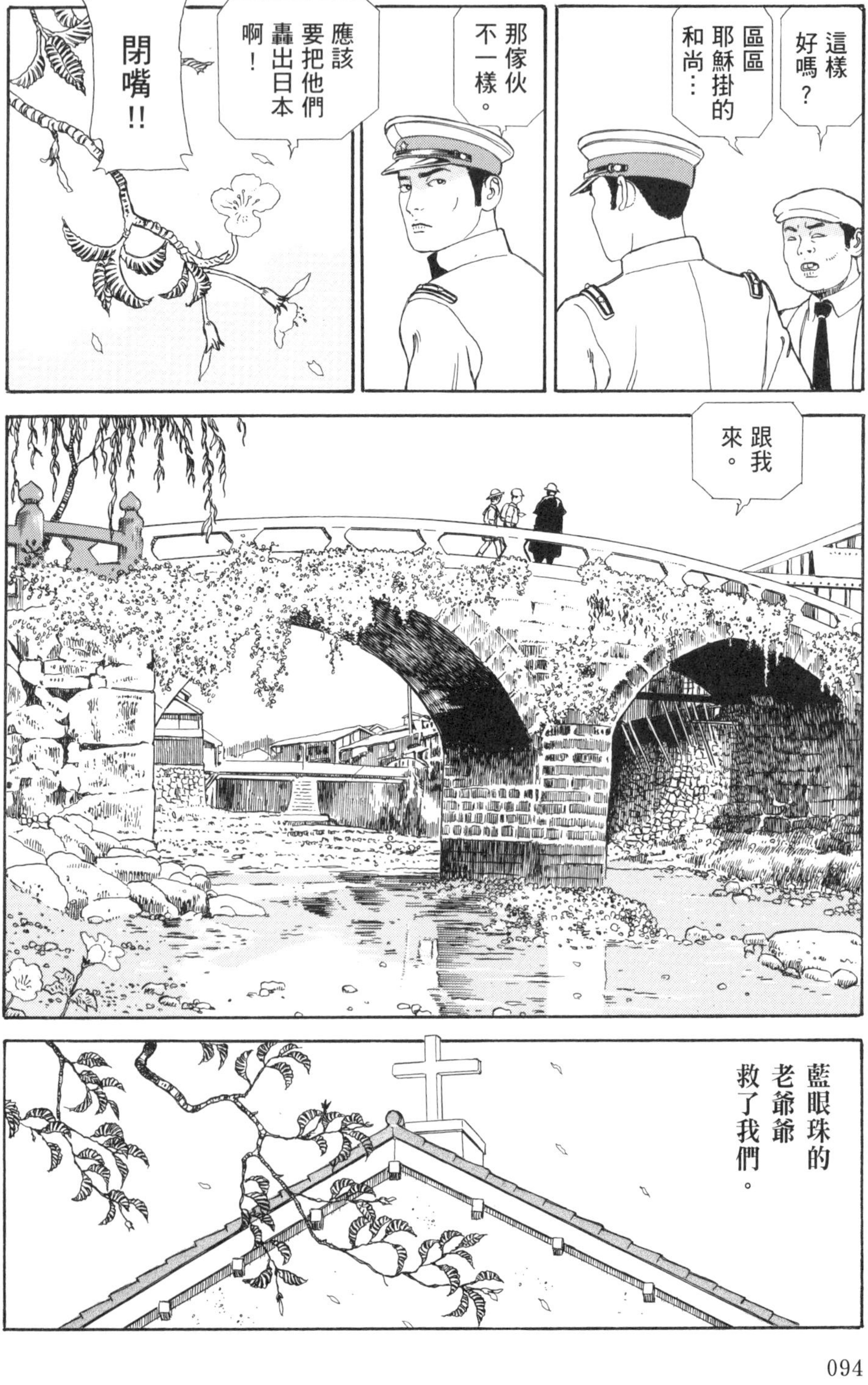
這樣好嗎？
區區耶穌掛的和尚…
那傢伙不一樣。
應該要把他們轟出日本啊！
閉嘴!!
跟我來。
藍眼珠的老爺爺救了我們。

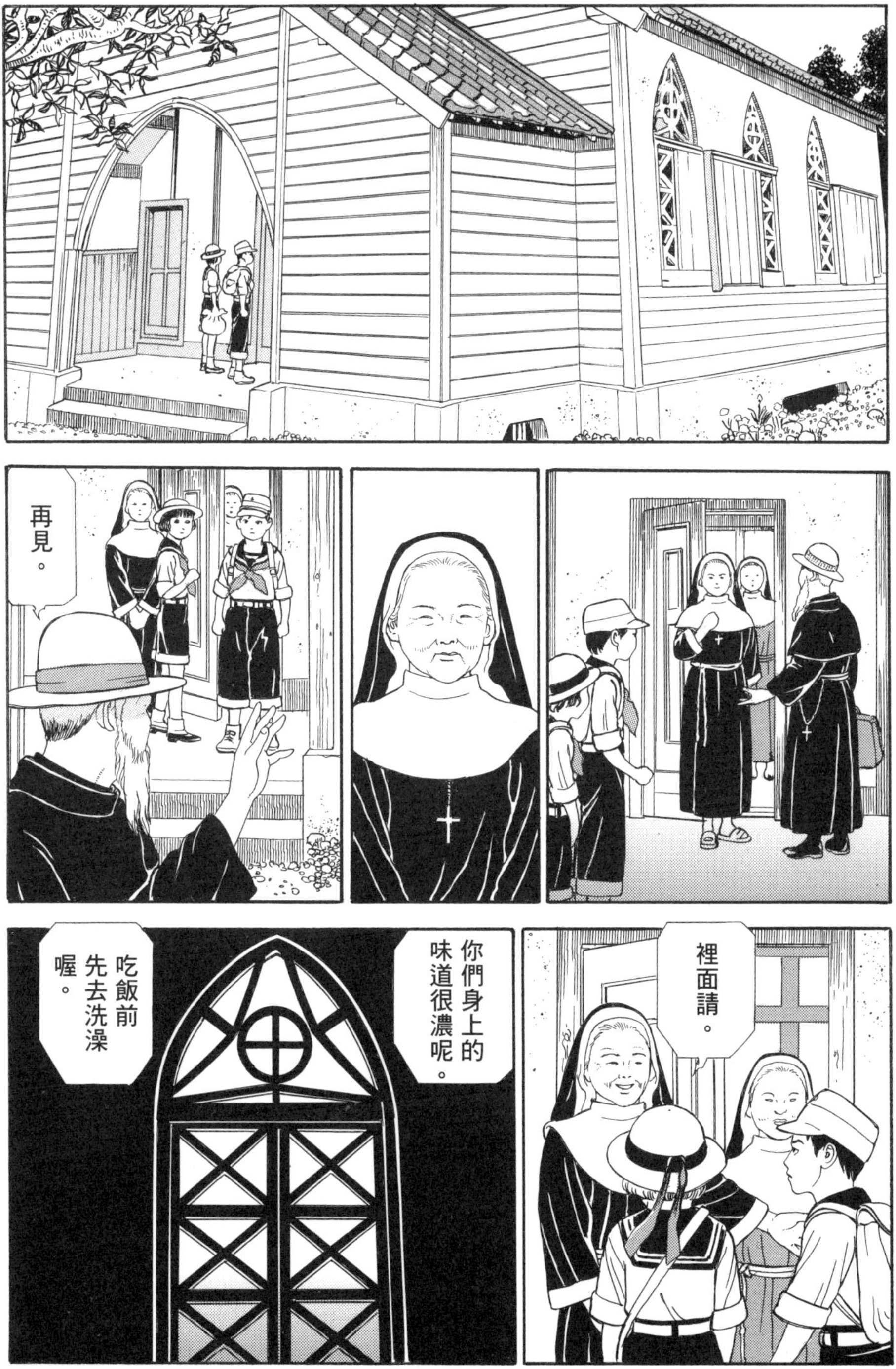
再見。
裡面請。
你們身上的味道很濃呢。
吃飯前先去洗澡喔。

這是托米諾，
還有化丹。
要和睦相處喔。
托米諾和化丹？
好怪的名字。
臉也長得像外國人。

只有這樣一點。
你們來以後，
能吃的飯也變少了。
你們幾年級？
不知道。

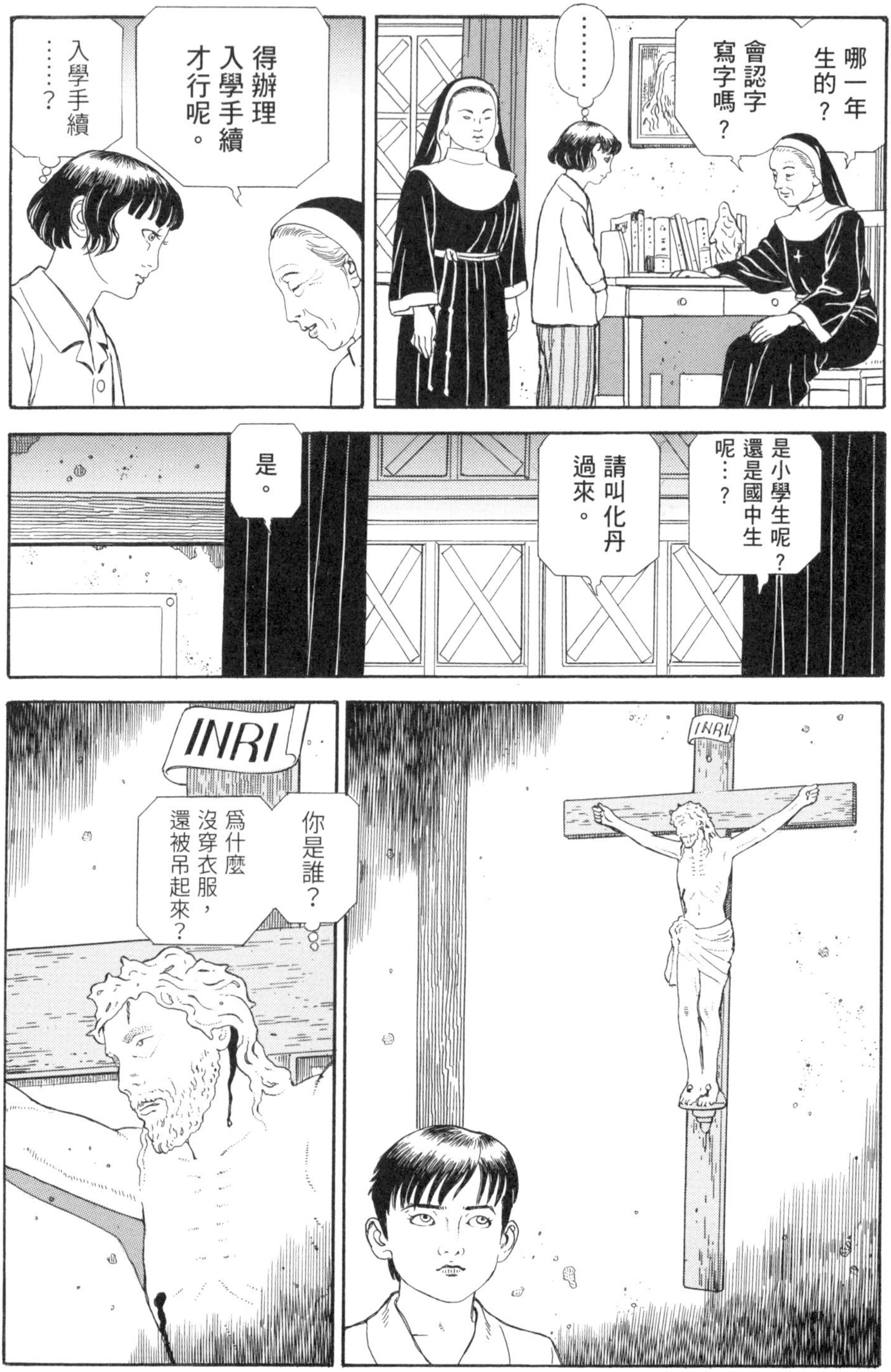
哪一年生的？會認字寫字嗎？
……。
得辦理入學手續才行呢。
……入學手續……？
是小學生呢？還是國中生呢…？
請叫化丹過來。
是。
INRI
INRI
你是誰？
爲什麼沒穿衣服，還被吊起來？

*天主教迫害史

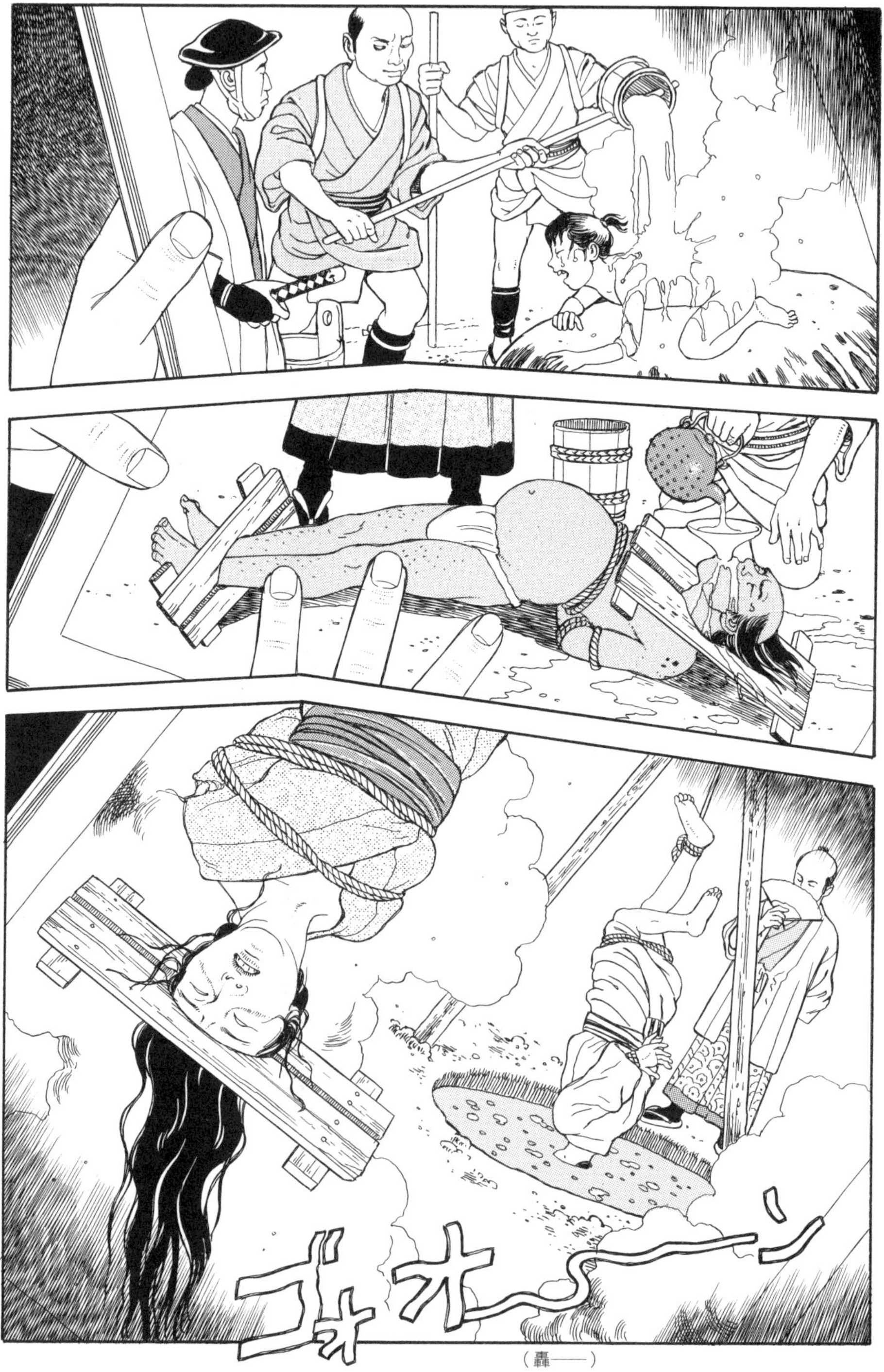

（轟——）

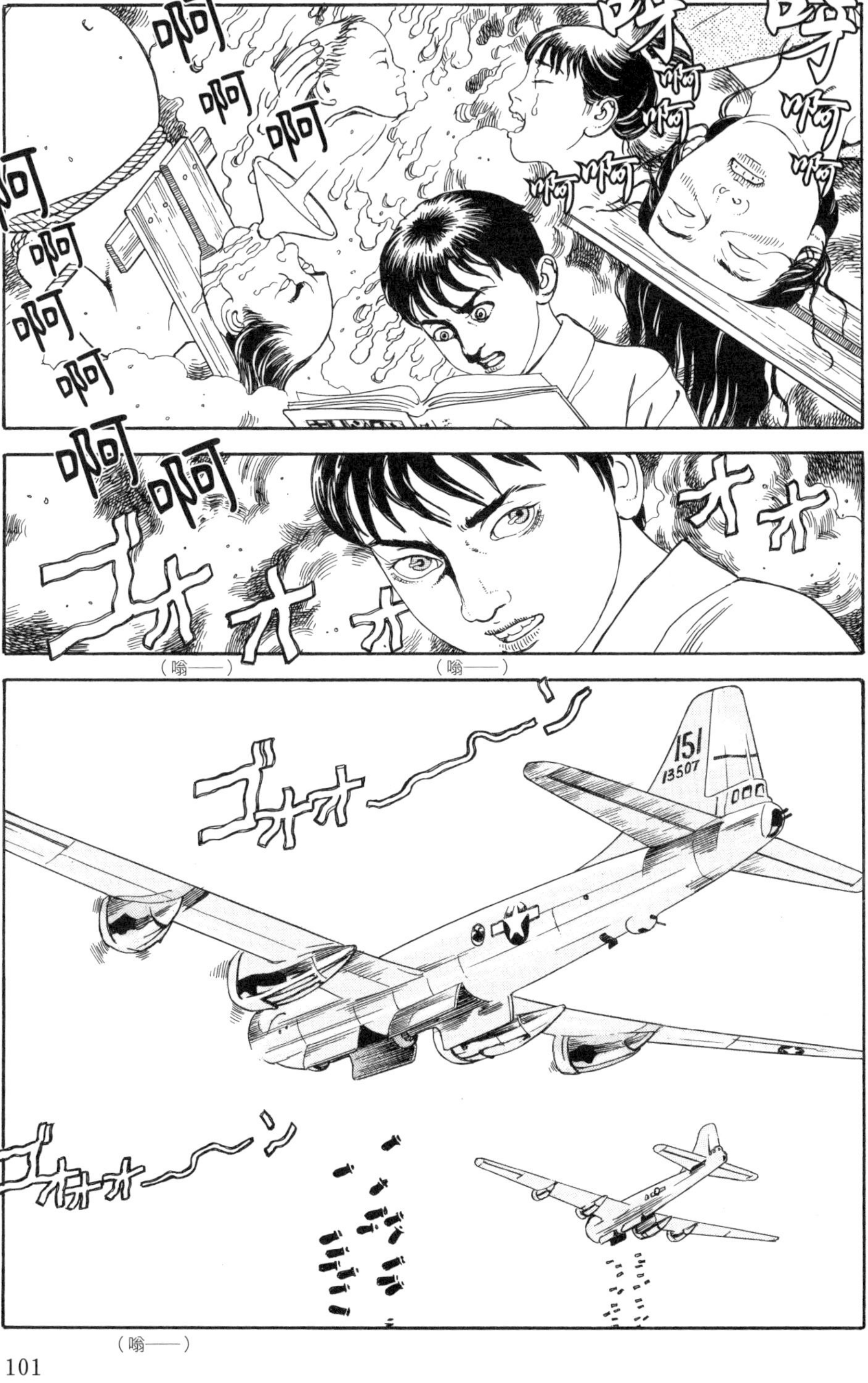
呀
呀
啊
啊
啊
啊
啊
啊
啊
啊啊
啊
啊
啊
啊
啊
啊
啊
オオ
ゴオオオ
（嗡——）
（嗡——）
ゴォオーン
ゴォオオーン
（嗡——）

ドドーン
（咚隆）
ズズーン
（砰砰）
ドドーン
ドドーン
（轟轟轟）
不要慌張!!
待在這裡就可以安心了!!
神會守護我們!!
托米諾!!
ドーン
（轟）
ドドーン
ドーン
（轟）

第十八章　幻日

（喀答喀答喀答）
（喀答喀答）

カタカタカタ
（喀答喀答喀答）
（叮鈴）
有沒有施膳呢？
我不知道。

!!
ジャリ
（沙沙）
啊!!
吃吧。
台灣人給我的。
謝謝。
台灣人對我很親切喔。

稻草人為什麼要離開唄子小姐家？
你又沒做錯什麼。
我——
(嗡——)
唔
又來了!!
去防空洞!!
空襲!!
我們根本沒什麼未來！
總是在害怕，逃個沒完！
(嗡——)

反正出生時就已經等於被宰啦——！
ドドドドド
（答答答答答）

(嗡——)
還會掉頭回來喔!!
快逃啊~!!
笨蛋~!!
快點逃啦!!
(嗡——)

（嗡——）

知～了
知～了
唧～
唧～
知～了
知～了
唧～
唧～
女孩子要去醫院，
接受檢查。
沒什麼好怕的喔。

※ オテンペンシャ＝苦行鞭。長崎，平戶地區方言。不做鞭子使用，是驅邪的道具。

修道院的男人想要那個的時候，用來鞭打自己的。
東京・怎麼稱呼・那個啊？
嘻
嘻
嘻
嘻
ヒュッ
（咻）
ガシャーン
（匡鏘）

（咚）
（咚）
（咚咚）
（喀恰）
（叩）
暫時在裡頭反省一下。
（咚咚）
要你們安靜坐著片刻都辦不到呢！

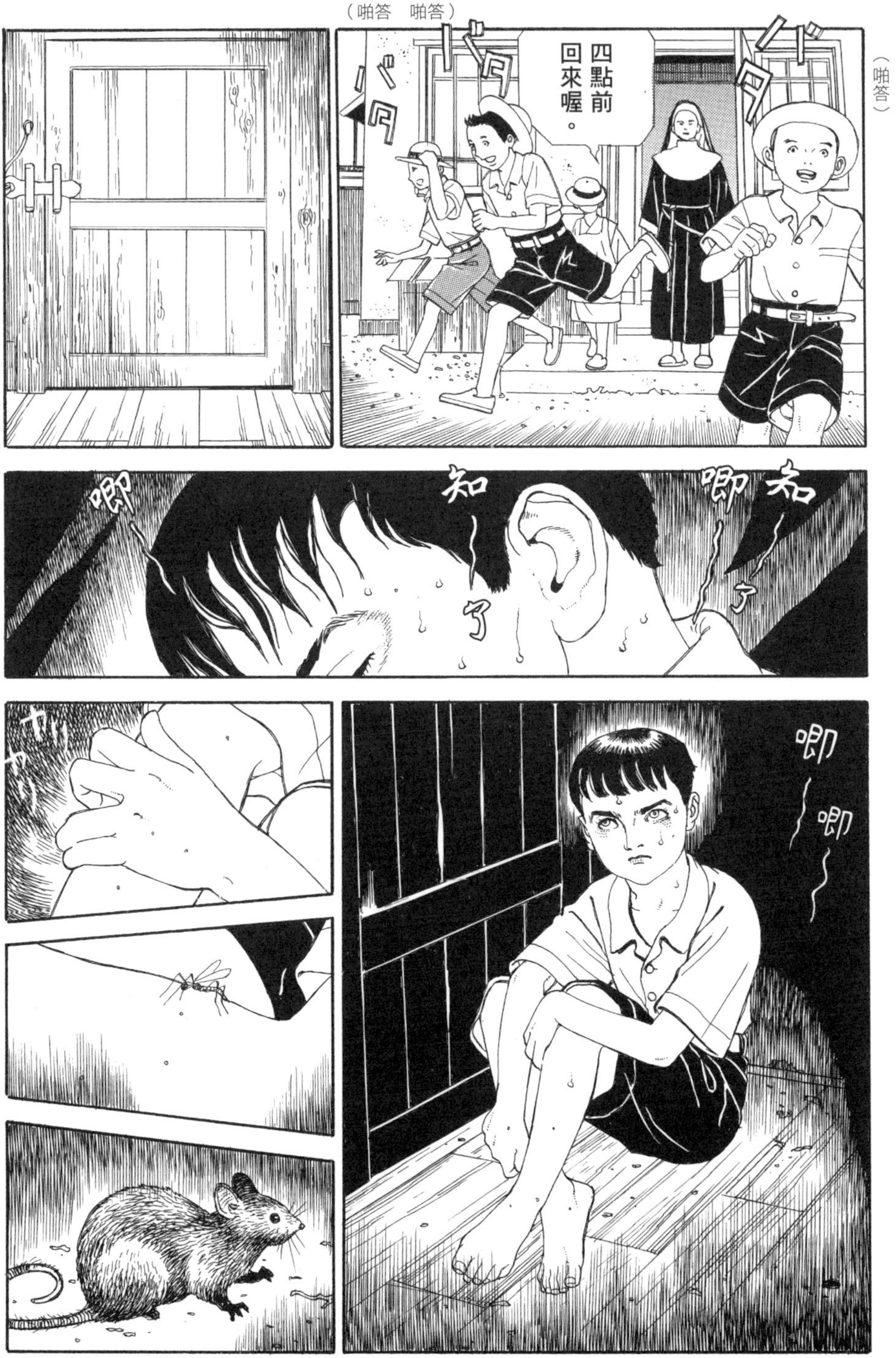
（啪答）
四點前回來喔。
（啪答　啪答）
知～了
唧～
知～了
唧～
唧～唧～
（抓抓）

知～了
知～了
知～了
知～了
你認為天皇陛下是神嗎!!
啊。
你認為天皇陛下是神嗎!?
啊啊啊

太陽堂
啊，那個是…!?

愛麗絲!!
天上有兩個太陽!!

天上有兩個太陽!!
(隆隆隆隆)
(轟)
(轟隆——)

ドッ
（咚）
INRI
ドドッ
（咚咚）
到底發生什麼事了？

カチ
カチ
カチ
カチ
（答答）
（答答）
カチ
カチ
カチ
カチ
カチ
（答答　答答）
我們奇蹟似地得救了，
不過男孩子們……
ドーン
ドーン
（咚咚）
ガチャ
（喀恰）

みからう
上浦
きのちみ
駅崎長
市崎長
きさがな

堪所難堪，忍所難忍
堪所難堪，忍所難忍
搞不懂你的意思呀……
ザァ～～
（沙沙～～）

ザザザァ
（沙沙～～～）
您是松田小姐嗎？
是的…
ザザザ
（沙沙沙）

平和軒
ドドドドドド
（隆隆隆隆隆）
RESTAURANT
平和軒
パパ
（叭叭～）

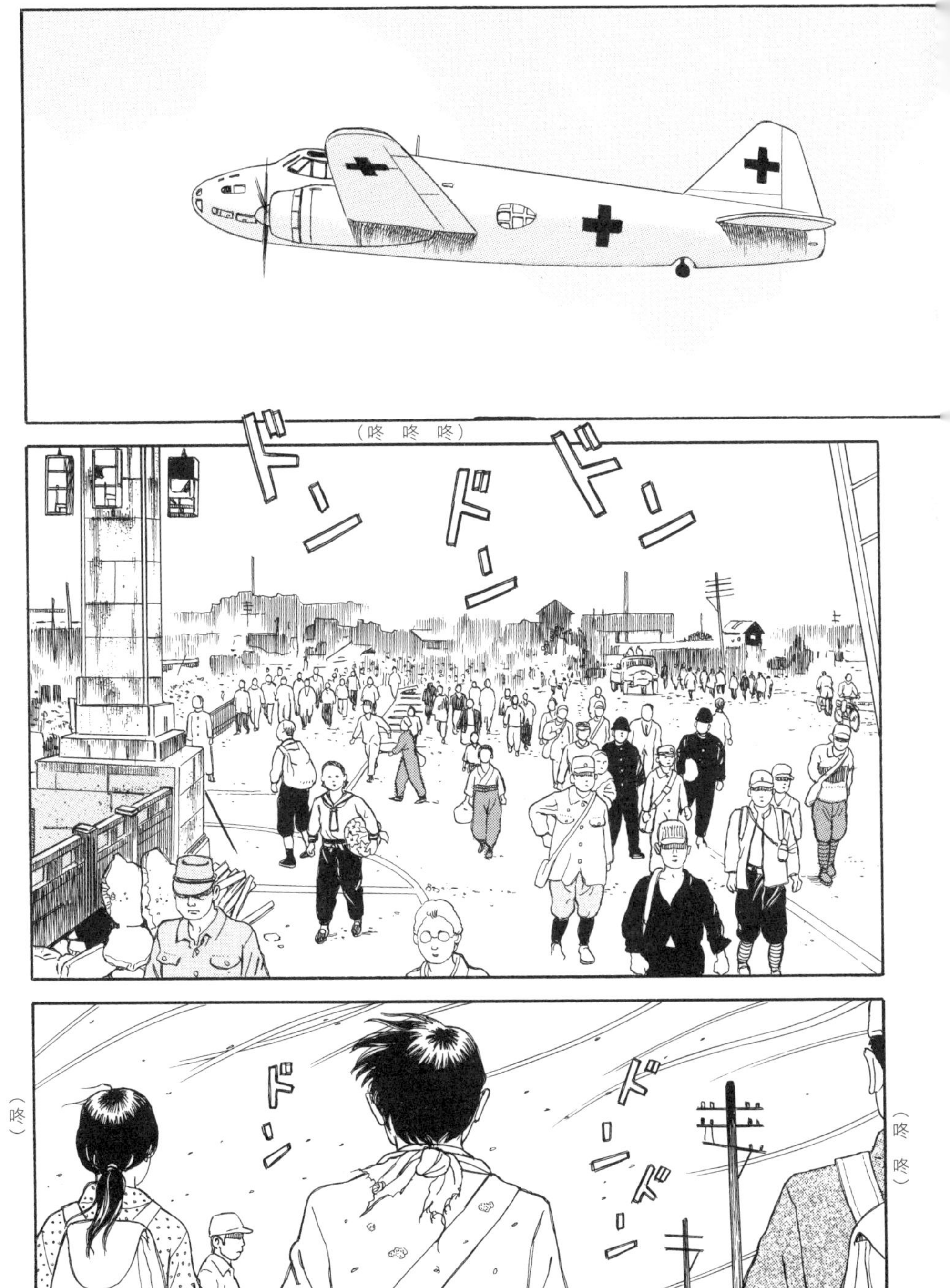
ドン
ドン
ドン
(咚 咚 咚)
ドン
ドン
(咚 咚)
ドン
(咚)

看什麼看!?
一副想要人施捨的樣子，看屁啊!!
スコーン
（咚）
ピィィ
ピピィィ
（嗶嗶 嗶嗶）
YOKOHAMA
KAWASAKI
A TOKYO AIRDROME
E OPERATIONS
IRDROME SQDN.
FIRST IN TOKYO
給我口香糖！
嘰布米！
Ha Ha Ha Ha!
嘰布米!!
嘰布米!!

嘰布米
巧克力！
ゴクッ
（吞）
小健，我肚子好餓啊…
パンパン
（啪啪）
ガチャ
（喀恰）
唔…
Hey!
You dropped...

Aus Staub
bist du
gewo
-zu Staub
sollst du
wieder
werden
自塵土誕生者，回歸塵土

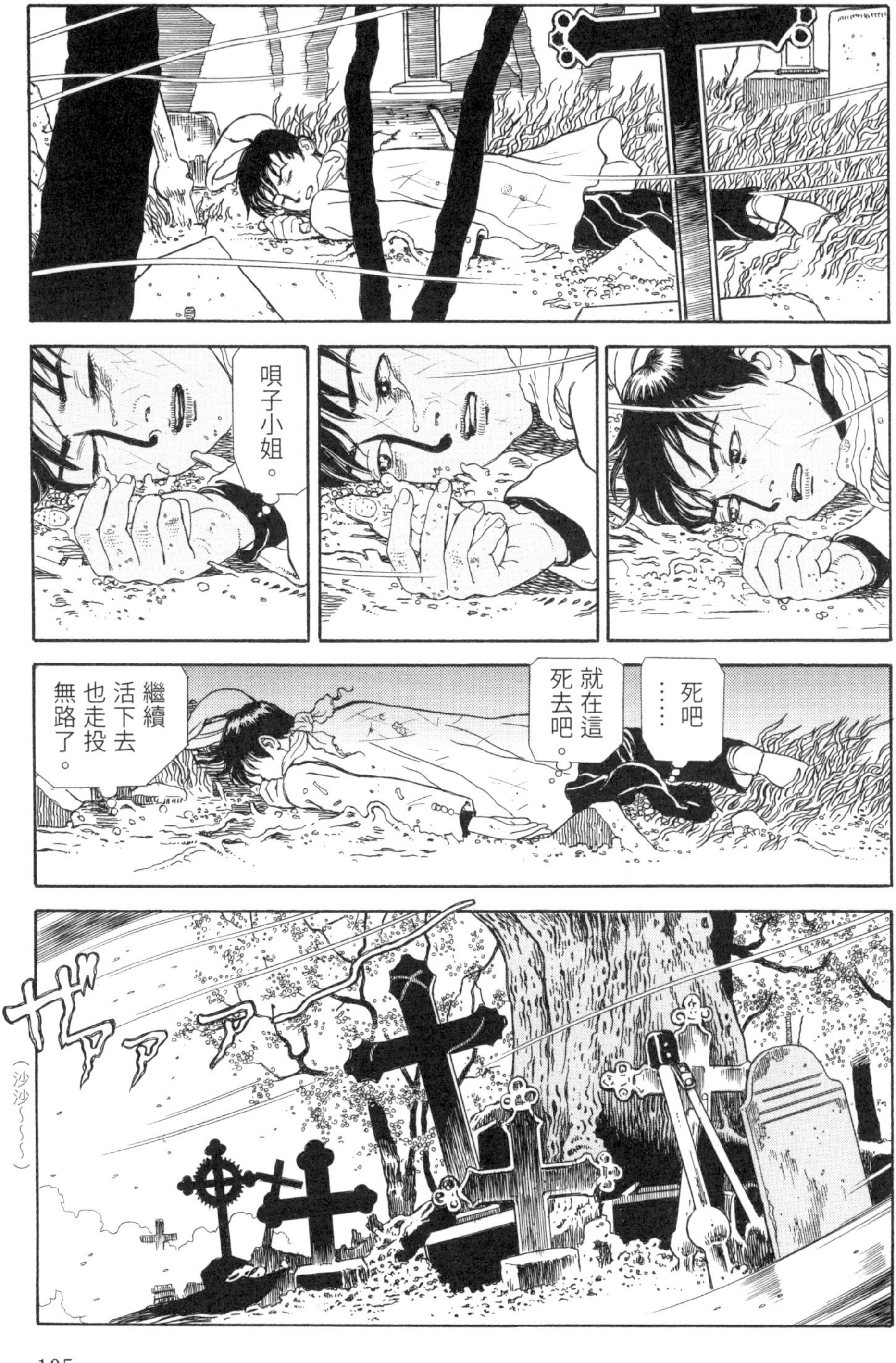
唄子小姐。
死吧……
就在這死去吧。
繼續活下去也走投無路了。
ザァァア
（沙沙~~~）

稻草人哥哥

ゴォォオ
(轟——)
托米諾!?
化丹!?
啊
啊
啊

最終章 大團圓

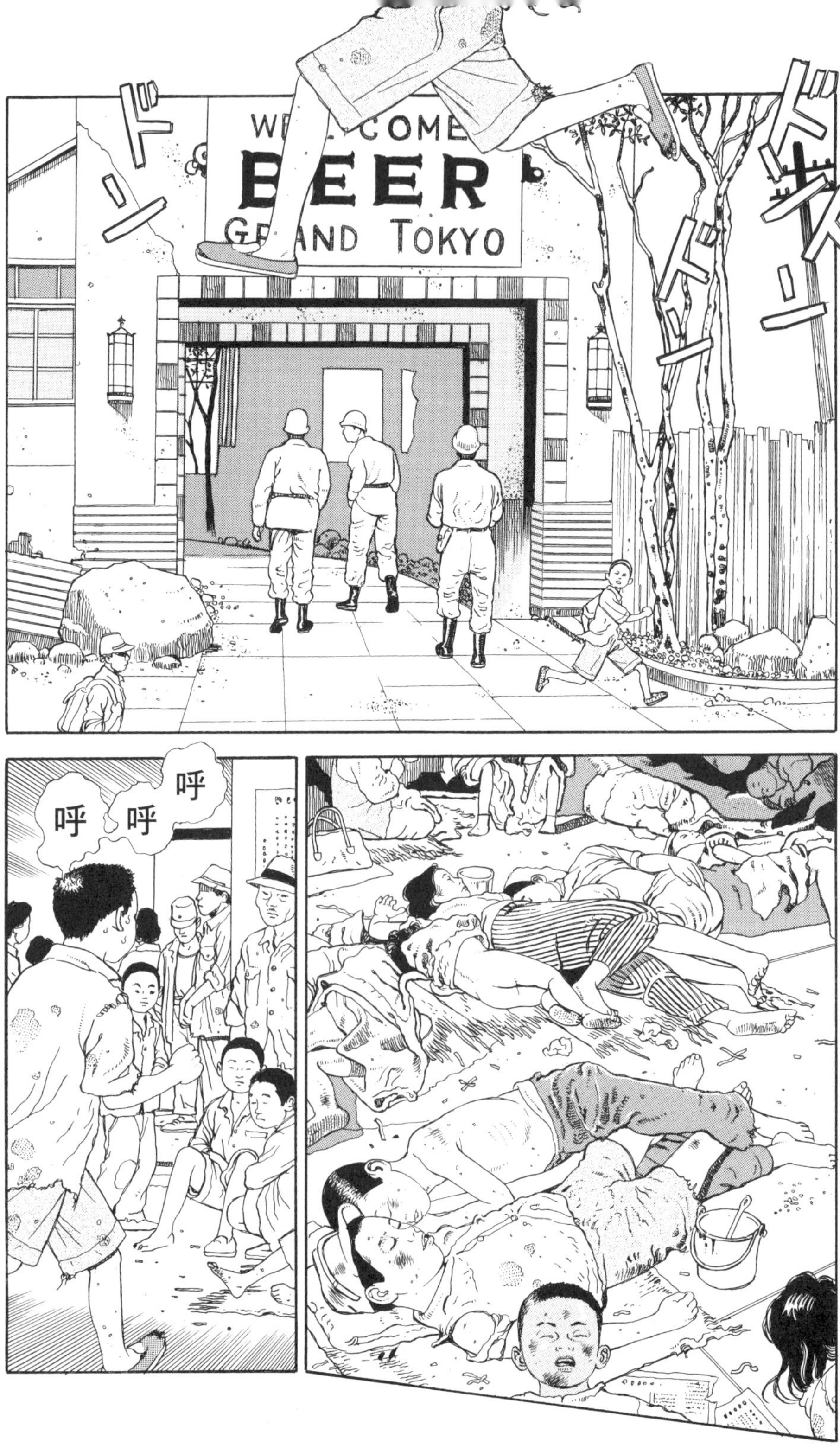
ドドーン
(咚咚咚)
ドーン
(咚)
BEER
TOKYO
呼
呼
呼

他說要給我吃的——
我跟著他走，結果差點被送上船載走！
外頭有人口販子，會抓你們這種小孩⋯⋯
賣到國外喔。
不要跟著陌生大人走。
人口販子！
人口販子！

小健，
真可憐呢……
聽說在東京上野，
有一對長得像雙胞胎的兒童藝人。
大概是……
去見他們吧！

小真也回到媽媽身邊了啊。
我們這次一定也見得到他們的！
ガターン
（喀答）
戦後復興の明朗化！
☆求人急募☆
コック 二名
バーテン 三名
通訳
楽士 十名
芸者 淑女 接客係 一〇〇名
ボーイ 五名
エレベーター 係 数名
近日開場 国際劇場
ブウウ
ガタンガタンガタン
メシクワセロ＊
（嗡── 喀答 喀答 喀答）
＊給我飯吃

ガタン ガタン
（喀答 喀答）
啊。
唔…！
那男人在搞什麼…？

CAPITAIN
啊，是那個人！
メシクワセロ。
在長崎見到的那個人！
得去向他道謝才行。
いわしバタ焼
不用道謝啦！
走吧。
這裡有各式各樣的人。
有好人，也有壞人。

※「山繆先生，請介紹懂英文的服務生給我。」

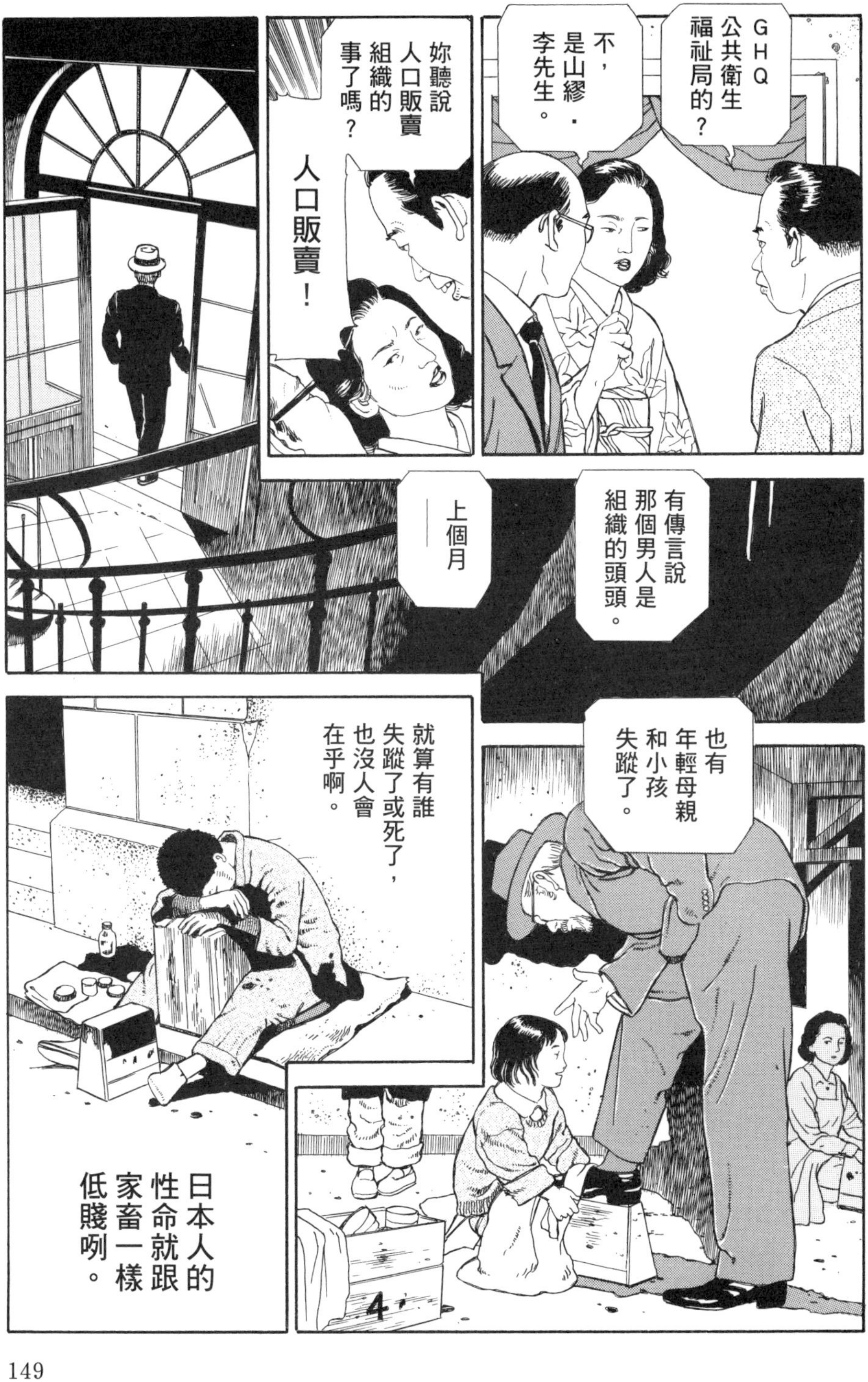
GHQ公共衛生福祉局的？
不，是山繆·李先生。
妳聽說人口販賣組織的事了嗎？
人口販賣！
有傳言說那個男人是組織的頭頭。
—上個月
也有年輕母親和小孩失蹤了。
就算有誰失蹤了或死了，也沒人會在乎啊。
日本人的性命就跟家畜一樣低賤咧。

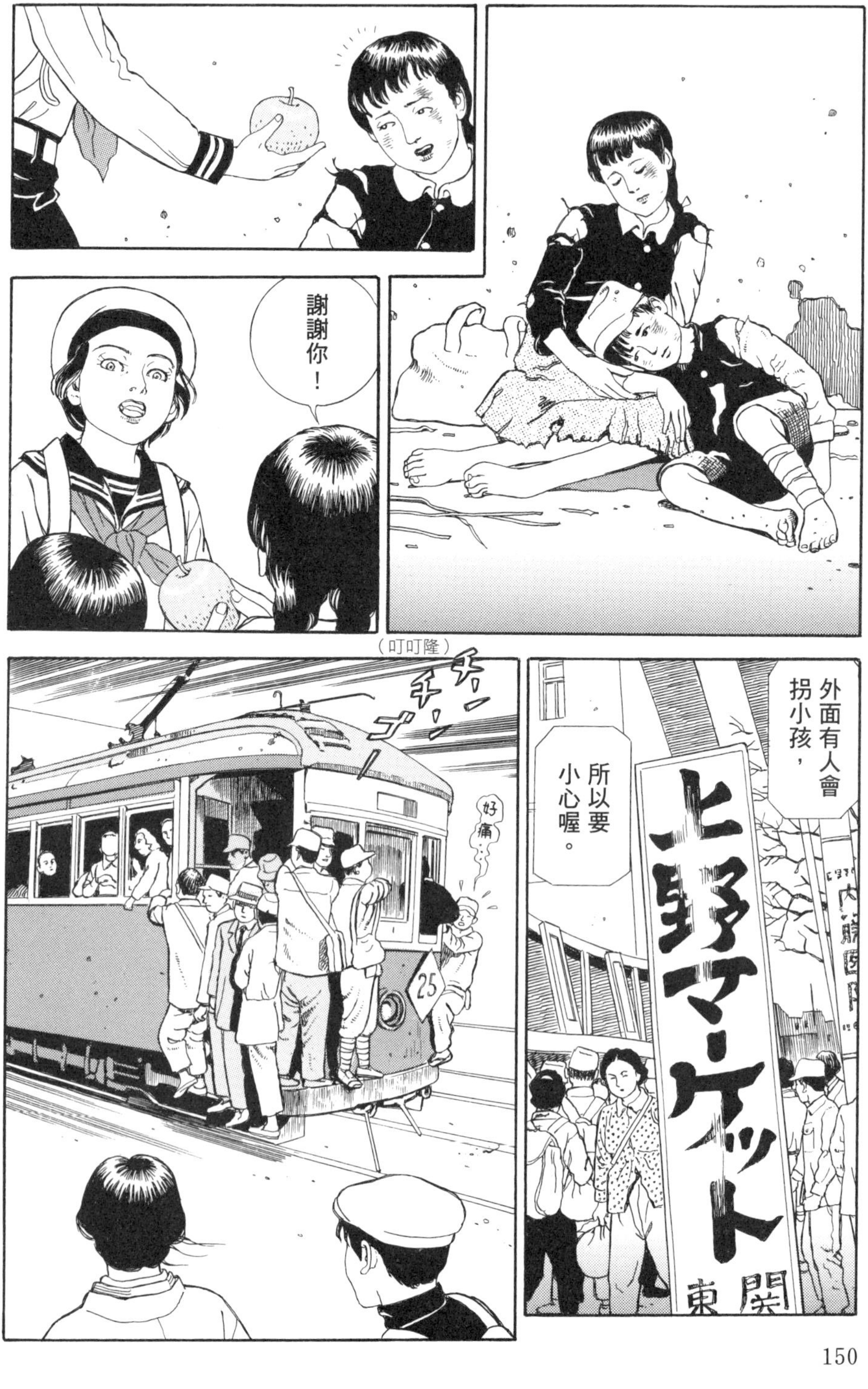
謝謝你！
外面有人會拐小孩，
所以要小心喔。
上野マーケット
（叮叮隆）
好痛

(叮叮隆)
我不管走到哪裡，那男人都會現身。
汪和我有孽緣呀。
汪……
不知道汪後來怎麼了……
你們認不認識一對雙胞胎藝人？
不認識耶。
阿姨，妳有沒有希洛苯※？
給我飯吃。

※ 希洛苯：為了振奮軍隊戰意而製作的興奮劑，終戰後擴散到一般民眾間。

這是麵包。
大家分著吃喔。
絕對不能碰希洛苯！
ドドドド
(咚咚咚)

人口販子！
唔。

汪！
CAPTAIN
你又想製造不幸的小孩了。
TAIN
我不會再讓你得逞！
CAPTAIN
!!

ボボ
（轟）
グッ
（握）
噗呼
ボッ
（轟）

啊
呀
（啪沙）
汪！

啊
啊
啊
哥
哥
(叩隆叩隆叩隆)

我們做出這麼可怕的事，是不是也會下地獄呢？
看吧，看吧，我流鼻血了。
（轟——）

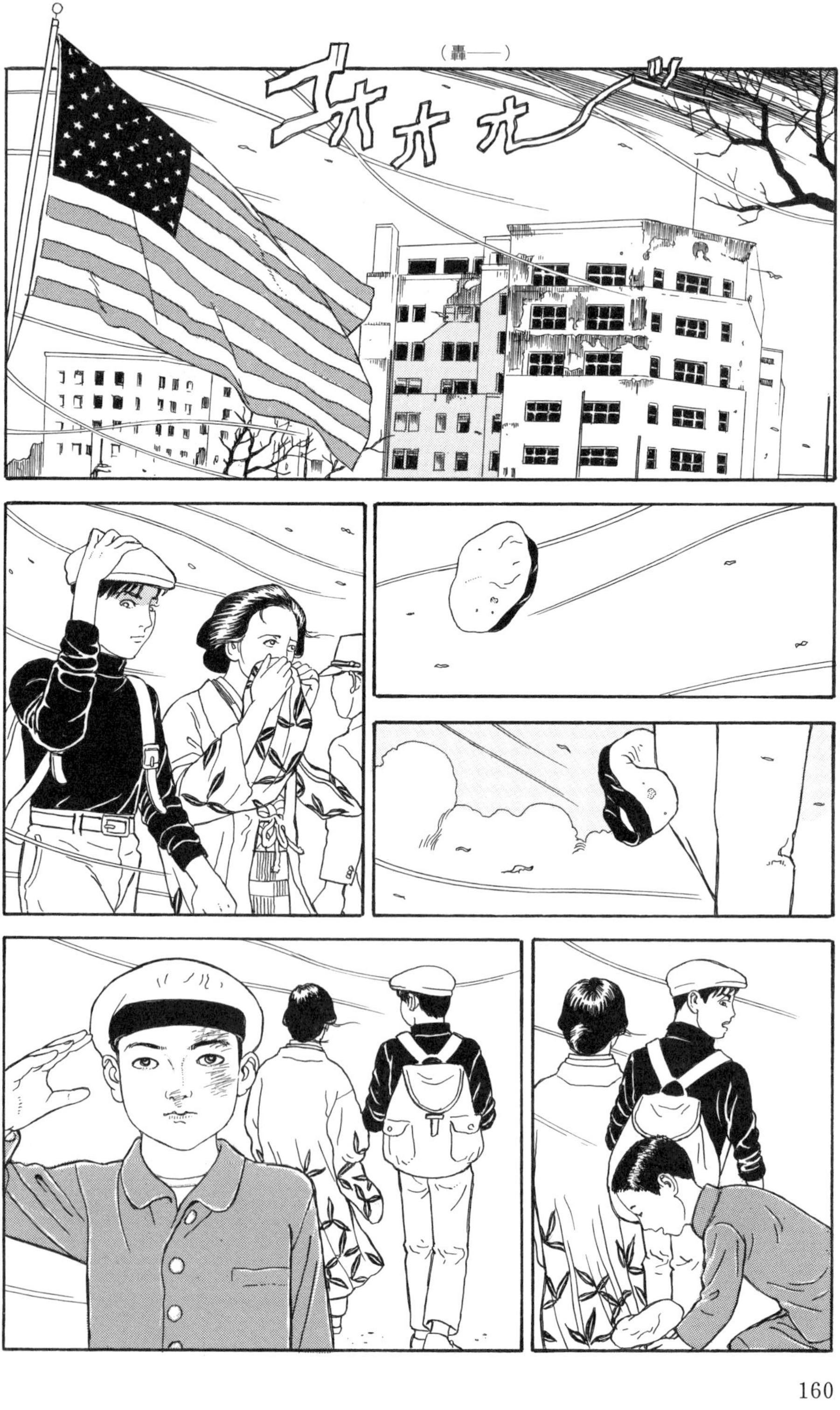
（轟──）

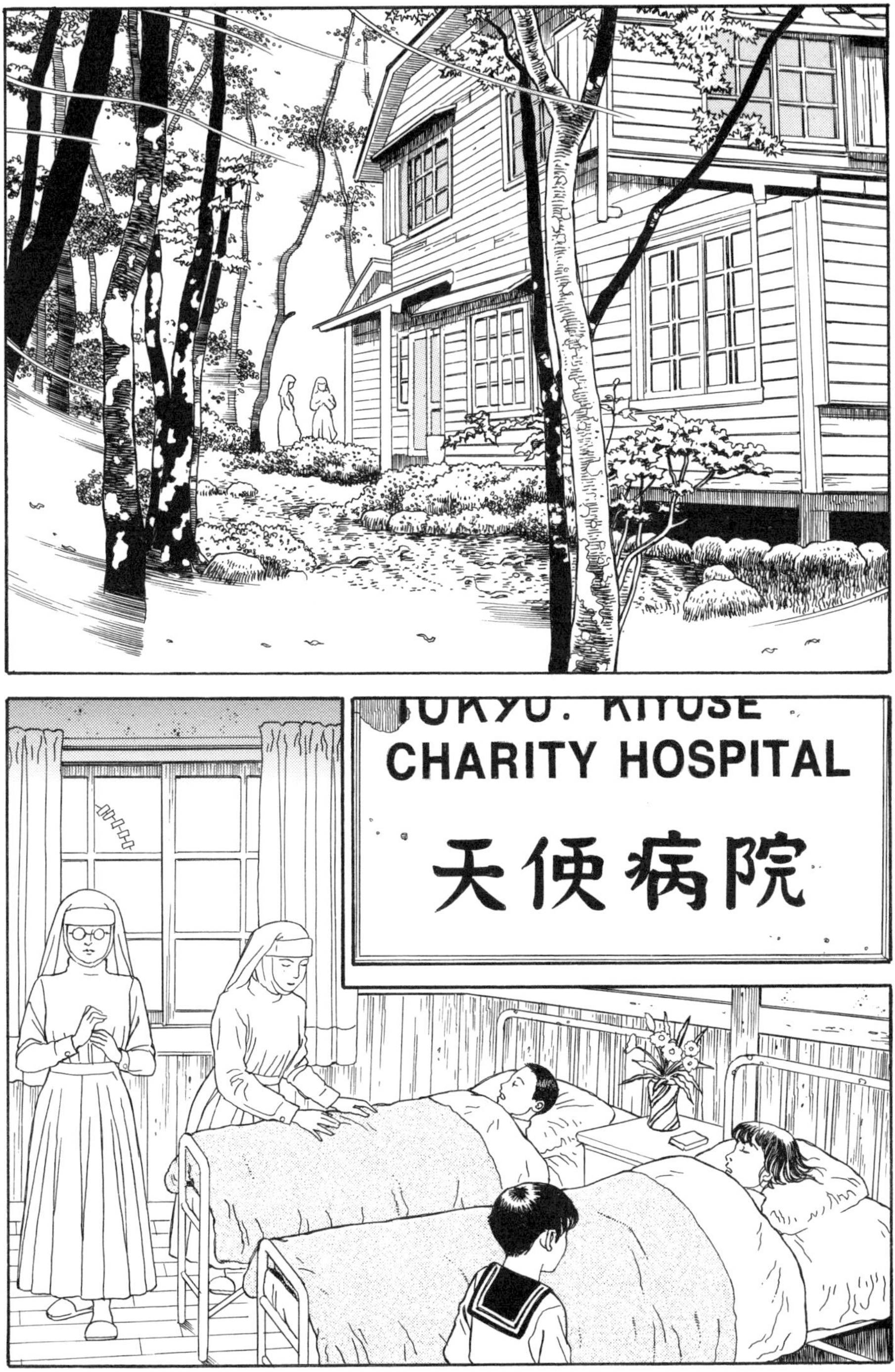
KIYOSE
CHARITY HOSPITAL
天使病院

托米諾。
牙齦也流血了。
我去叫醫生來吧。
神會幫助我們的喔。
ズル
(窣)

啊啊啊
汪先生死了嗎？
咦!?
那種程度的傷，他才不會死呢。
不過汪會很痛苦，會生不如死。
他…他不會死的。

汪先生。
你也是很會招來怨恨的那種人。
你吃了許多苦頭呢。

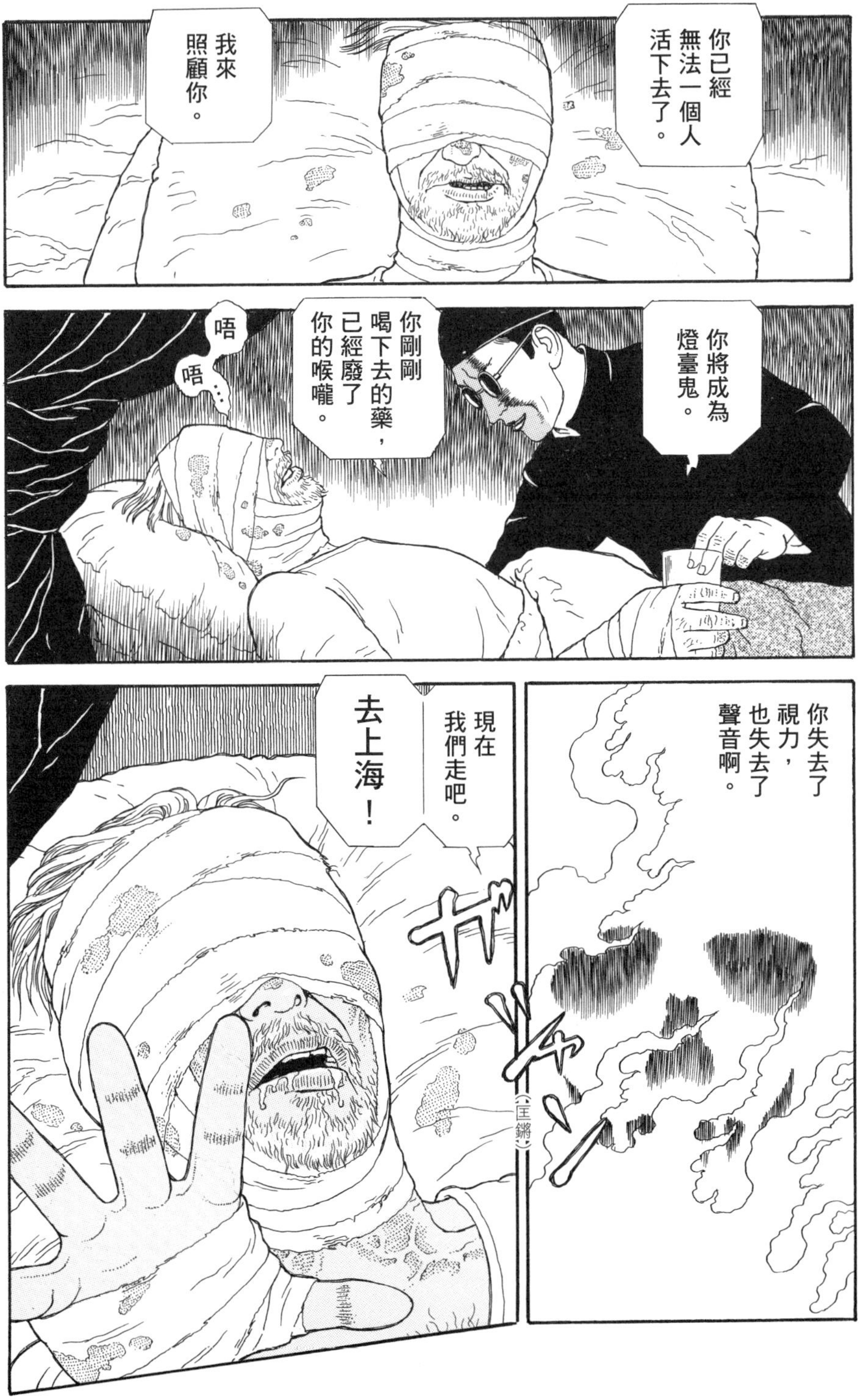
你已經無法一個人活下去了。
我來照顧你。
你將成為燈臺鬼。
你剛剛喝下去的藥，已經廢了你的喉嚨。
唔唔……
你失去了視力，也失去了聲音啊。
現在我們走吧。
去上海！
（匡鏘）

ササア
（沙沙）
世界上真的有神嗎……？
有啊。
祂就存在於妳眨眼的瞬間。

ピタッ
（啪）

在下雨天，有消毒水氣味的病房內，
我終於死掉了。
是誰在對面招手，說過來、過來？
好奇怪呢……

托米諾
真可憐。
世界上才沒有
什麼神呢。
CAPTAIN

CAPTAIN

CAPTAIN

Boy
托米諾的地獄
完

TOMINO THE
DAMNED
by
SUEHIRO
MARUO

THE END

首度刊載於　月刊《Comic Beam》二〇一八年二月號、三月號、八月號～二〇一九年一月號

作者

丸尾末廣

一九五六年（昭和三十一年）一月二十八日生，長崎縣人。

年少時期熱中於漫畫雜誌《少年 KING》、《少年 MAGAZINE》，立志成爲漫畫家。十五歲前往東京，十七歲投稿至《少年 JUMP》，但理解到自己的風格與少年雜誌不符後，有一段時間停止創作漫畫。二十四歲時以〈繫緞帶的騎士〉出道。二十五歲時出版首部單行本《薔薇色的怪物》。此後，陸續發表許多漫畫、插畫作品，以挑戰禁忌的獨特題材、劇情及表現手法獲得廣大人氣。代表作另有《少女椿》、《犬神博士》等。二〇〇八、〇九年分別出版改編自江戶川亂步原著的《帕諾拉馬島綺譚》及《芋蟲》，並以前者獲得第十三屆手塚治虫文化賞新生賞。二〇一六年眞人版電影《少女椿》上映（TORICO 執導）。除本作外，繁體中文版已出版作品有《芋蟲》、《少女椿》、《發笑吸血鬼》、《帕諾拉馬島綺譚》（皆由臉譜出版發行）。

譯者

黃鴻硯

公館漫畫私倉兼藝廊「Mangasick」副店長。

《漫漶：日本另類漫畫選輯》翻譯與共同編輯者。近年爲商業出版社翻譯丸尾末廣、駕籠眞太郎、松本大洋的漫畫作品，也進行逆柱意味裂、不吉靈二、好想睡、Ace 明等小衆漫畫家的獨立出版計畫，幾乎每天都透過 Mangasick 臉書頁面散布台、日另類視覺藝術相關情報。

PaperFilm 視覺文學 FC2085

托米諾的地獄　4

2023 年 6 月　一版一刷

作　　者　丸尾末廣

譯　　者　黃鴻硯
責任編輯　謝至平
裝幀設計　馮議徹
行銷業務　陳彩玉、林詩玟
排　　版　傅婉琪

發 行 人　凃玉雲
編輯總監　劉麗真
出　　版　臉譜出版
城邦文化事業股份有限公司
台北市民生東路二段 141 號 5 樓
電話：886-2-25007696 傳真：886-2-25001952

發　　行　英屬蓋曼群島商家庭傳媒股份有限公司城邦分公司
台北市中山區民生東路二段 141 號 11 樓
客服專線：02-25007718；25007719
24 小時傳眞專線：02-25001990；25001991
服務時間：週一至週五上午 09:30-12:00；下午 13:30-17:00
劃撥帳號：19863813 戶名：書虫股份有限公司
讀者服務信箱：service@readingclub.com.tw
城邦網址：http://www.cite.com.tw
香港發行所　城邦(香港)出版集團有限公司
香港灣仔駱克道 193 號東超商業中心 1 樓
電話：852-25086231　傳眞：852-25789337
馬新發行所　城邦(新、馬)出版集團
Cite (M) Sdn. Bhd. (458372U)
41, Jalan Radin Anum, Bandar Baru Seri Petaling,
57000 Kuala Lumpur, Malaysia.
電話：+6 (03) 90563833　傳眞：+6 (03) 90576622
電子信箱：services@cite.my

ISBN 978-626-315-297-7 (紙本書)
ISBN 978-626-315-304-2 (EPUB)

售價：250 元
(本書如有缺頁、破損、倒裝，請寄回更換)

TOMINO NO JIGOKU Vol. 4

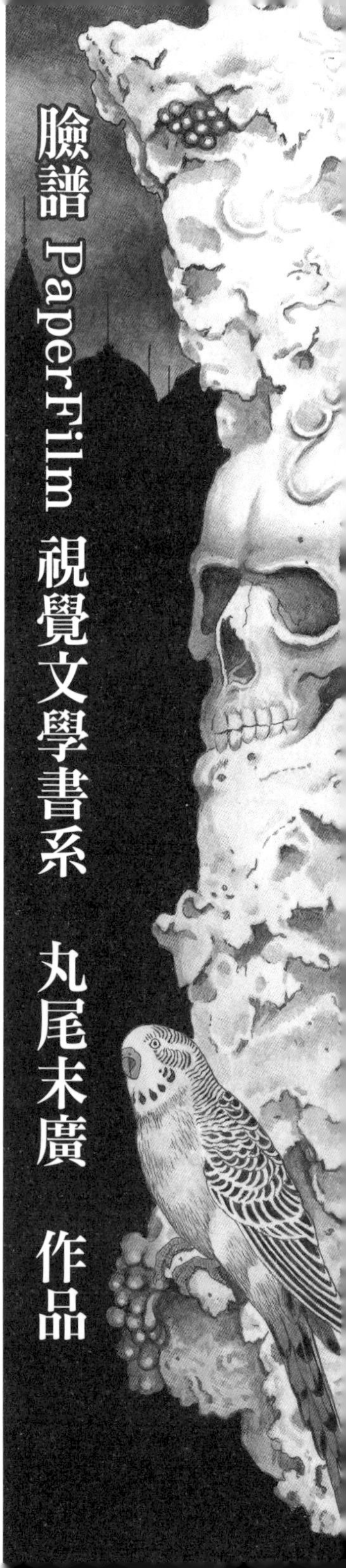

臉譜 PaperFilm 視覺文學書系　丸尾末廣　作品

少女椿

「我們如此不堪入目，請見諒。」
奇慘地獄裡的純情畸戀，一部異色絕倫的「薄幸系」少女成長物語。
曾改編爲動畫化及眞人電影，丸尾末廣生涯代表作。

芋蟲

原作　江戶川亂步

極度赤裸的人性矛盾，一場愛、慾、恨交織的殘酷人間悲劇——當摯愛回到了身邊，卻不再是「人」，這是上天賜予的奇蹟，還是要將妳拖進地獄的噩夢？以極致妖美之繪，重現日本文學史上最震懾人心的反戰禁忌經典。

發笑吸血鬼

「大地不接納我這具身體，就是我身爲吸血鬼的證據！」

一部畫給被污辱與被損害之人的鎮魂歌。

成功揉合情色、暴力、懸疑與奇幻元素，奠定後期畫風與敍事結構之作。

帕諾拉馬島綺譚

原作 江戸川亂步

「浮世如夢，夜夢才眞實。」

繼《芋蟲》後，丸尾末廣又一亂步改編傑作，以極致耽美之繪，具象化亂步筆下極樂荒淫世界，重現日本文學史上極具爭議之作。